John Riew

Theodor Storm

Herausgeber: Culturea (34, Hérault)
Druck: BOD - In de Tarpen 42, Norderstedt (Deutschland)
Website: http://culturea.fr
Kontakt: infos@culturea.fr
ISBN:9791041949458
Veröffentlichungsdatum: FEBRUAR 2023
Layout und Design: https://reedsy.com/
Dieses Buch wurde mit der Schriftart Bauer Bodoni gesetzt.

ER WIRT MIR GEBEN

Mein Haus steht auf dem Lande, in einer holzreichen Gegend zwischen einem Kirchdorf und einem kleinen, in breiten Kastanienalleen fast vergrabenen Orte, welcher allmählich um einen Gutshof aufgewachsen ist, von beiden kaum zehn Minuten fern. Fast täglich mache ich nach rechts oder links meinen Spaziergang, und im Frühling und Sommer ergötzt mich dann das Leben, das hier aus den Bauerngehöften, im Orte aus den kleinen Häusern der dort wohnenden Handwerker oder Handelsleute auf den Weg oder in die Vorgärten hinausdringt; die Kinder des Gutsortes und ich, wir grüßen uns allzeit ganz vertraulich; um Weihnachten aber beehren sie mich von beiden Seiten, sei es als »ruge Klas« oder als »Kasper und Melcher aus dem Morgenland«, und sind freundschaftlicher Behandlung sicher.

Deshalb plagte mich ein Haus am Ende des Gutsortes; ich selber hatte es teilweis bauen sehen, und als ich einmal einige Monate fort gewesen war, stand es bei meiner Heimkehr fertig da; aber sooft ich später daran vorbeiging, es wollte mir nicht vertraut werden; denn in diesem Hause war kein Leben: niemals sah ich einen Menschen dort hinein- oder herausgehen, niemals regte sich etwas hinter den blanken Fenstern, die je zwei zu den Seiten des vertieften Säuleneinganges aus den roten schwarzgefugten Mauern auf einen mit dunklen Koniferen vollgepflanzten Vorgarten hinausgingen; den Einblick wehrten ungewöhnlich hohe Vorsätze von schwarzblauem Drahtgewebe; dahinter sah man schattenartig und regungslos nur die weißen Gardinen herabhängen. Alles war sauber und wie unberührt; aber zwischen den gelben Klinkern, von denen ein breiter Fries um das Haus lag, und zwischen den drei Granitstufen der Haustreppe trieben die grünen Grasspitzen hervor. Und dennoch sollte das Haus bewohnt sein: in Auswärtiger – so hörte ich – habe das früher dort gestandene geräumige, aber verfallenene Gebäude in Erbgang oder sonstwie erworben und statt dessen durch einen fremden Maurermeister den jetzigen Bau dorthin setzen lassen; ja nicht er allein, es sollte außerdem von einer ältlichen kränkelnden Frau und von einem gar argen zwölfjährigen Buben bewohnt sein; wie aber das Verhältnis der drei Personen zueinander war, darüber wußten die von mir Befragten nicht Bescheid zu geben; die Bewohner schienen nur miteinander zu verkehren. Von dem Jungen freilich ging bald allerlei Gerede: er sollte aus der Volksschule wegen dort unzähmbaren Wesens fortgewiesen sein und seit einiger Zeit die vornehme Institutsschule besuchen, wo die Knaben Französisch und Englisch, sogar Latein und Griechisch lernen konnten; auch hier war er schon ein paarmal eingesperrt gewesen; dennoch sollte der alte Riewe – diesen bei uns nicht ungewöhnlichen Namen trug der Hausherr – ihn zu seinem Erben eingesetzt haben. Bändigen sollte auch er ihn nicht können; ja, man erzählte, als nach einer neuen Schulstrafe der alte Herr mit liebreicher Ermahnung auf den Knaben eingedrungen sei, habe dieser plötzlich eine freche Gebärde nach ihm hingemacht und, aus der Tür rennend, auf Plattdeutsch noch zurückgeschrien: »Din Geld krieg ick doch, ohl Riew'!«

Ich frug wohl diesen und jenen, woher denn der Mann gekommen sei; die einen meinten: aus Lübeck, die anderen: aus Flensburg oder Hamburg; auch wohl, was er denn sonst getrieben haben möge, und diese machten ihn zu einem Makler, die anderen zu einem früheren Schiffskapitän. Ich hätte mich bei der Gutsobrigkeit erkundigen können; aber, obgleich die Dinge mich sonderbar interessierten, welche Veranlassung hätte ich zu solch offizieller Erkundigung gehabt?

Der hohe, seitwärts von dem Hause fortlaufende und mit einem dichten Dornenzaun besetzte Erdwall begrenzte nach der Straße hin den durch alte Obstbäume verdüsterten Garten, welcher sich nach einer Waldwiese abwärts senkte. Im Sommer freilich war alles durch den Zaun verdeckt; aber jetzt war es Herbst, die Drosseln fielen in die roten Beeren, und eine Fülle bunten Laubes war von den Alleebäumen schon auf den Weggefallen; als ich eines Spätnachmittags jetzt dort vorüberging, gewahrte ich eine entblätterte Stelle in dem Zaun und blieb stehen, um einen Blick in das sonst unsichtbare Gartengrundstück hineinzuwerfen. Ich hatte mich auf den Fußspitzen erhoben; aber ich erschrak fast: ein blasses und – so erschien es mir – wunderbar schönes Knabenantlitz mit dunkelgelocktem Haupthaar stand dicht vor dem meinen und sah von der anderen Seite mir starr und schweigend entgegen; ich gewahrte noch, daß die großen, gleichfalls dunklen Augen voll von Tränen standen; dann war es verschwunden, und ich hörte langsame Schritte in den Garten hinab.

War das der arge Bube, von dem die Leute redeten? Nachdenklich setzte ich meine Abendwanderung fort, denn das Gesicht, welches ich eben sah, einmal mußte ich es schon gesehen haben, vor fünfzehn oder zwanzig Jahren – aber das ging ja nicht, der Knabe mochte jetzt kaum zwölfe zählen.

Noch am Abend dieses Tages hörten wir, in dem neuen roten Hause liege die alte Haushälterin im Sterben; aber das Haus selbst war am Nachmittage, als ich dort vorbeigegangen, in seiner gewohnten, wunderlichen Einsamkeit dagestanden, die Gardinen hatten, wie immer, unbewegt hinter den blauen Vorsätzen gehangen, keinen Laut hatte ich vernommen, selbst der schöne wilde Knabe hinter dem Gartenzaune war mir nur wie ein Gespenst erschienen; auch das Sterben wurde hier ganz still besorgt.

Als ich am anderen Tage mit meiner Frau vorüberging, sagte ich: »Im neuen Hause hier soll eine zum Sterben liegen; zu leben scheint man nicht darin.«

»Dann wird sie schon gestorben sein«, erwiderte sie, indem sie durch die Zaunlücke in den Garten wies; »sieh nur, dort unter dem großen Apfelbaum stehen zwei Frauen und reden miteinander; das ist mir hier noch nimmer vorgekommen.«

Wir sahen sonst nichts weiter, aber meine Frau hatte recht geschlossen; noch am selben Abend lief es durch das Dorf, die Haushälterin, wie die alte Frau im roten Haus benannt wurde, habe seit jenem Vormittag ihr Tagewerk auf immer eingestellt. Einige Tage später wurde ein Sarg auf der Landstraße an meinem Hause vorbeigetragen, hinter welchem nur ein weißhaariger Mann mit einem Knaben ging; aber der Zug war, als ich vor die Tür kam, schon zu weit entfernt, das Antlitz der beiden konnte ich nicht mehr sehen; mein Nachbar, der zu mir trat, sagte: »Der arme Bursche sah aus wie der Tod selber; es war seine Großmutter, die sie nun bei der Kirche da begraben; seine Mutter soll er nie gekannt haben.«

»Der arme Junge!« dachte auch ich; »was wird aus ihm, wird der Alte sich allein nun mit ihm abgeben?«

Als ich mit Frau und Kindern am Nachmittagstee saß, bei dem goldenen Herbstsonnenschein noch einmal im Freien auf der Terrasse, brach aus dem Armenhausgarten, welcher derzeit mit dem unseren zusammenstieß, ein lautes Schreien und Toben, unterbrochen durch die scharf redende Stimme des Armenvaters, zu uns herüber, so daß das Gespräch aufhörte und alles dorthin horchte. Die schreiende Stimme kam offenbar von einem Knaben.

»Ich fürchte«, sagte lächelnd unser Nachbar, der neben uns saß, »er wird nicht mit ihm fertig!«

»Mit wem?« frug ich. »Wer ist denn das?«

»Nun, das wissen Sie nicht? Der Junge von dem Riew'; er ist gleich vom Kirchhof in das Armenhaus gebracht. Er mag sich das wohl nicht gedacht haben; mit dem Erben ist es auch wohl eitel Wind!«

»Unglaublich! Empörend!« rief meine Frau, während drüben das Geschrei noch immer fortging.

Der Nachbar zuckte die Achseln. »Ja, du lieber Himmel, der Bengel ist ein Ausbund von den schlimmsten; erst gestern haben sie ihn wieder aus der Institutsschule fortgewiesen; was soll der Alte mit ihm aufstellen? Er hat die Frau nun auch nicht mehr zur Hülfe.«

Aber die Frauen an unserem Tische schüttelten gleichwohl die Köpfe.

Ob dann der Armenvater endlich das aufgeregte Kind beruhigt hatte, oder ob die Szene nach einem anderen Teil des Hauses verlegt war, kann ich nicht sagen; aber der Lärm hörte auf, und wir sprachen weiter nicht davon.

– – Einige Tage später, da ich von dem Jungen nichts mehr gemerkt hatte, frug ich über unseren Zaun den Armenvater, der einige Weiber bei der Arbeit in seinem Garten überwachte: »Nun, wie geht es mit Ihrem neuen Alumnen?«

»Wen meinen Sie?« frug der Mann zurück und sah mich wie unwissend an.

»Wen sollte ich meinen? Natürlich den Riew'schen Jungen; ich weiß nicht seinen Namen.«

»O, der! Der sitzt schon längst wieder im warmen Nest; der beerbt den Alten noch bei lebendigem Leibe. Ich hätte ihn nur behalten sollen!« fügte er mit einer entsprechenden Handbewegung hinzu.

Ich dachte an das zarte Gesicht des Knaben und sprach zu mir selber: »Es ist doch besser so.«

Es war schon in den letzten Tagen des Oktober, als ich eines Nachmittags wieder an dem Rieweschen Garten entlangging, wo der Zaun jetzt freie Durchsicht ließ; auch war dort heute wirklich was zu sehen; denn oben im Geäste eines großen Birnbaums hing der hübsche Knabe und langte mit ausgestrecktem Leibe nach ein paar goldgelben Birnen, die noch an einem fast blätterlosen Zweige hingen. Unter ihm am Stamm sah ich einen untersetzten Mann, der mir seinen breiten Rücken zuwandte; nur seinen weißen, seitwärts abstehenden Backenbart konnte ich außerdem gewahren. »Zum Teufel, Rick, so komm herunter!« rief er; »das ist kein Mastkorb, worin du arbeitest!«

»Wart nur, Ohm!« erwiderte der Knabe; »ich krieg sie gleich; die allerletzten sollen doch nicht sitzenbleiben!« und er reckte sich stöhnend noch ein Stückchen weiter.

»By Jove! Du brichst dir um zwei Birnen noch das Genick!« Und der Alte griff in die Tasche und schien ihm eine kleine Münze hinzuhalten. »Komm herunter und kauf dir welche! Der Schuster hat dieselben.«

Der Junge hörte aber nicht danach; er suchte droben den Zweig, woran die Birnen saßen, zu sich heranzubiegen. Ich stand in plötzlichem Besinnen; auch die alte Stimme war mir bekannt. Eine untersetzte grauhaarige Gestalt aus meinen Hamburger Schülerjahren tauchte vor mir auf, daneben ein Kinder-, ein Mädchenangesicht. »Wenn er es wäre!« dachte ich bei mir selber; »und Riewe heißt er, vielleicht John Riew'!«

Da hörte ich einen Krach, und als ich aufblickte, sah ich es vor mir durch die Luft zur Erde fahren; ein gebrochener Ast baumelte oben von dem Baum herab; es war kein Zweifel, der Junge war herabgestürzt. »Man hat noch den Tod von dir!« schrie der Alte. »Sind denn die Planken heil geblieben?« Und gleichzeitig hatte er sich gebückt und wollte dem Jungen auf die Beine helfen.

Der aber war schon aufgesprungen. »Tut nichts!« sagte er sich zuckend seine Hüfte reibend. »Unkraut vergeht nicht, Ohm!«

Der Alte brummte etwas, das ich nicht mehr verstand, denn ich fürchtete, auf meinem Platz entdeckt zu werden, und hatte deshalb meine Wanderung fortgesetzt. Aber sein Gesicht war mir zugewandt gewesen, und ich wußte nun, es war mein alter Kapitän John Riew', der sich dies Haus gebaut hatte. Noch jetzt blühten ihm seine guten roten Wangen, nur Bart und Haare waren weiß geworden; denn wohl achtzehn Jahre mochten verflossen sein, seitdem wir uns zuletzt gesehen hatten. Damals aber – es war zur Zeit meiner Selektanerschaft auf dem Johanneum zu Hamburg – hatten wir fast täglich uns gesehen; denn dort, unweit des nun verschwundenen Kaiserhofes, an dessen reichornamentierter Fassade mein Schulweg mich vorüberführte, wohnten wir beide als einzige Mieter in einem zweistöckigen Häuschen, das zwischen himmelhohen Speichern aus alter Zeit zurückgeblieben war. Unsere Wirtin war eine Schifferwitwe, deren trunkfälliger Mann im Rausch durch einen Unfall sein Leben verloren und seiner Frau wohl kaum anderes als den kleinen Fachbau hinterlassen hatte, in welchem ich eine Stube unten neben der Haustür innehatte. John Riewe, damals schon ein ergrauter Mann, bewohnte oben die einzige Etage; und so eines Sommerabends, auf der Bank vor der Haustür, hatten wir Bekanntschaft gemacht. Er war lange als Kapitän zur See gefahren; nach Rio, Hongkong, auch weniger fern nach Lissabon und London; kurz, er hatte mehr gesehen als wir studierten Leute und wußte davon zu erzählen. Endlich war er seemüde und dann hier Makler geworden. »Es ist kommoder«, sagte er, »den Sturm vom Bette aus zu hören.«

Unsere Wirtin war eine einfältige Person: er mußte ihr in allem Rat erteilen, ja es war, als habe sie alles auf ihn abgeladen; ich weiß nicht, weshalb er sich so von ihr plagen ließ. Das Beste an der Frau war jedenfalls ihre zwölfjährige Tochter Anna; braun, feingliedrig, mit dunklem Haar und, o, mit welchen Augen! Es war etwas Begehrliches in dem Mädchen; aber alles, was sie tat, und mochte sie in einen Apfel beißen, geschah mit einer Art von froher Anmut. Wie jetzt mit dem Jungen, so hatte der Kapitän es damals mit dem Mädchen; er wußte selbst nicht, was er dem verzogenen Ding zu Willen tun sollte; er kaufte ihr seidene Schürzen und rote Tüchelchen, mit denen sie dann auch sogleich erschien; er stopfte ihr Marzipan und gebrannte Mandeln in die Taschen, und wenn sie vergnügt zu schmausen anfing, dann lachte er über sein ganzes gutes Angesicht. »Nicht wahr, schlecken und dich putzen«, sagte er und schüttelte das hübsche Ding an beiden Schultern, »das möchtst du wohl dein Leben lang; aber wart nur, Rackerchen, es wird noch anders kommen!« Und sie sah mit lachenden Augen zu ihm auf und nickte nur, denn sie hatte ihr Mäulchen noch voll von seinem Futter. »Naschkatze du!« rief dann der Kapitän und schaute, die Hände in den Taschen, ihr voll Vergnügen zu.

Auch ins Theater, als einmal ein Zauberstück gegeben wurde, hatte er sie mitgenommen. Dort aber hatte sie nur auf die silbernen Sternen- und Meernixenkleider gesehen, wenn auch sonst die glänzendsten Helden über die Bühne schritten; sie hatte nur davon geredet und ihn immerfort gezupft und angestoßen, und zuletzt gesagt, wenn sie groß wäre, wolle sie auch Komödiantin werden und solche Kleider tragen. John Riew' war in Todesangst geraten: »Daß du dich nicht unterstehst!« hatte er so laut gerufen, daß das ganze Parterre die Köpfe nach ihm umgewandt; »weißt du wohl, wenn sie tot sind, die kommen alle in die Hölle!« Seitdem hatte er sie nicht mehr in die Komödie gebracht.

Auf sein Zimmer aber kam das Kind mehrmals am Tage; denn die Mutter hatte es so eingerichtet, daß sie selber mich, ihre Tochter aber, wenigstens außerhalb der Schulzeit, den Kapitän bediente. Es ist mir wohl später eingefallen, daß dies, bei aller Ehrenhaftigkeit des Mannes, auch kein Zeugnis für die Verständigkeit der Frau gewesen sei; denn die Herzensgüte unseres Kapitäns war doch mitunter derart, daß sie mehr zu einem handfesten Schiffsjungen, so zwischen See und Sturm, als zu einem zierlichen halbgewachsenen Mädchen passen mochte.

Als wir eines kalten Oktoberabends wieder einmal plaudernd auf der Straßenbank saßen, fuhr der Nordwest uns endlich so eisig in den Nacken, daß er mich einlud, mit ihm in seine Kabine hinaufzusteigen, wo wir behaglicher unser Gespinst abwickeln könnten. Ich hatte nichts dagegen und saß dort kaum in einem guten Polsterstuhl, den er mir hingeschoben hatte, als ich ihn auch schon, die Hand am Schlüssel, vor einem Wandschränkchen stehen sah. »Nun, Nachbar«, rief er, »wir müssen, deucht mir, ein Quantum heizen! Rum oder Kognak? Für Prima-Qualität wird garantiert.«

Von den Schätzen dieses Schrankes hatte ich schon gehört: »Das wird Ihnen überlassen, Kapitän!« rief ich.

»Also Rum!« erwiderte er. Dann schloß er auf, und nachdem er an der Klingelschnur gerissen hatte, stellte er eine Flasche und zwei tüchtige Glashumpen auf ein daneben stehendes Tischchen.

Nach einer Weile flog ein leichter Schritt die Treppe herauf, und Anna trat mit einem Kesselchen voll heißen Wassers in die Stube; sie nickte uns vertraulich zu, entzündete dann die auf dem Tisch stehende Spirituslampe und setzte den Kessel darüber.

»Nachbar«, flüsterte der Kapitän, »was sagt Ihr zu meinem kleinen Maat?«

Der kleine Maat aber stand, die Hände in den Schoß gefaltet, und neigte das dunkle Köpfchen nach dem Kessel. Als es zu sausen anhub, wandte sie sich und wollte gehen.

»Oho!« rief der Kapitän, »du meinst wohl, wir sollen uns unser Glas heut selber machen!«

Sie blieb stehen, schüttelte den Kopf und wurde purpurrot. Dann aber ging sie lautlos nach dem Schrank, hob ihre schmächtige Gestalt auf den Zehen und holte vom obersten Bord eine Schale mit Zucker herab.

»So recht, Anna!« rief der Kapitän. »Nun zeige, was du von mir gelernt hast!«

Und das feine Ding nickte wieder ein paarmal; nur so in den Schrank hinein, aber doch, als sollt' es heißen: »Ohne Sorge, soll schon werden!« Dann begann sie die drei Elemente sorgsam zu mischen, schaute auch einmal durch das Glas, indem sie es mit dem etwas hageren Ärmchen gegen die jetzt über unserem Tische brennende Ampel hielt, und goß noch ein paar Feuertropfen in dasselbe, ohne aber vorher weder mit noch ohne Löffelchen daraus gekostet zu haben.

»Wenn's gefällig ist!« sagte sie dann, indem sie uns die Gläser auf einem Tablettchen darbot.

Ich nahm das meine, und schon an dem Dufte merkte ich, es war ein steifes Seemannsglas. Der Kapitän aber, als sie zu ihm trat, legte beide Arme vor sich auf den Tisch. »Nun?« sagte er und sah lachend unsere kleine Schenkin an; »ich muß wohl heut um alles betteln gehen!«

Sie stand einen Augenblick wie verlegen.

»Oder scheust du dich vor unserem jungen Herrn?« fügte der Kapitän hinzu.

Da hob sie das Glas an ihre Lippen. »Wohl bekomm's!« sagte sie leise; dann trank sie, und es schien mir, daß sie mit Behagen trinke.

»Halt, halt, Jüngferlein!« rief der Alte lachend; »ei, seht doch, schickt sich das für ein so zartes Manntje?«

Aber schon hatte sie das Glas vor ihn auf den Tisch gesetzt, und wir hörten, wie sie draußen wiederum die Treppe hinunterflog.

»Eine Wetterhexe!« sagte der Kapitän; »wenn die ein Junge wäre, mit dem ginge ich noch einmal auf die alten Planken!«

Ich aber weiß noch sehr wohl, wie ich ihn um sein Glas beneidete, an dem der süße Mädchenmund geruht hatte.

– – Wie eine Bilderreihe zog das alles jetzt an mir vorüber; plötzlich aber stolperte ich, mein Stock flog mir aus der Hand, und ich sammelte mich geduldig vom Erdboden auf; denn ich war mitten im Walde, der mir soeben seine dicken Buchenwurzeln vor die Füße gestreckt hatte. Langsam kehrte ich um und ging nach Hause; doch die Gedanken wollten mich nicht lassen. Das anmutige Kind, von dem ich später nie wieder etwas gehört hatte, sie mochte jetzt etwa dreißig Jahre zählen – was war aus ihr geworden?

Es ließ mir doch keine Ruhe: wie kam der Kapitän hierher? Was war das mit dem Jungen?

Tags darauf ließ ich den Abend herankommen; es mochte schon neun Uhr sein, als ich vor dem roten Hause stand. Alles War dunkel; aber eben vorher hatte ich von der Hinterseite aus einen Lichtschein auf den kahlen Gartenbüschen wahrgenommen. Ich drückte die Haustür auf, an der keine Glocke läutete, und stand in einem dunklen Flur, in den jedoch, scheinbar durch das Schlüsselloch der Tür einer Hinterstube, ein schmaler Lichtstreifen hineindrang. Es rührte sich aber nichts im Hause, und ich tastete weiter, bis ich mit den Händen an die Tür stieß.

»Herein! Wer ist da?« rief es drinnen, als ich eben eintrat.

Der Kapitän saß neben einer Lampe an dem Sofatische und las in einer großen Zeitung, die ich später als den »Hamburger Korrespondenten« erkannte – außer ihm war nur der schöne Knabe in dem Zimmer; er stand mit einem brennenden Lichte vor dem Spiegel und schnitt Gesichter, die er einigen Fratzen im »Kladderadatsch« nachzumachen schien; wenigstens lag auf dem Spiegeltischchen ein Exemplar davon.

»Guten Abend, Kapitän!« sagte ich kräftig; »da Sie nicht zu mir gekommen sind, so haben Sie wohl nichts dagegen, daß ich Ihnen meinen Antrittsbesuch mache?«

Er war aufgestanden, während der Junge seine Unterhaltung mit unbekümmerter Geschäftigkeit fortsetzte, und ich konnte den Alten im Schein der Lampe ungestört betrachten. An Haar und Bart sah man freilich, es war Winter geworden; aber seine Wangen blühten noch immer, und die guten Augen darüber sahen mich wie einstens hell und freundlich an. Ich wollte reden; aber er legte seine Hand schwer auf meine Schulter. »Halt! – Halt!« sagte er. »Ich werfe Anker! Hamburg – beim Kaiserhof – das Häuschen – meine Kabine! Alle Millionen Windrosen, Herr Nachbar, und Sie wohnen hier?«

»Ja, ja, Kapitän; und Sie wohnen hier?«

»Ei freilich«, rief er lachend, »und so wohnen wir alle beide hier! Rick!« und er wandte sich zu dem Knaben, »zünde die Spritflamme an und nimm eine Flasche aus dem Schränkchen! – Junge, hörst du denn nicht!«

»Ja, Ohm, ich höre ja schon!« rief der Knabe, setzte den Leuchter auf das Spiegeltischchen, daß das Licht aus der Röhre sprang, und vollbrachte dann das aufgetragene Geschäft. Meine Augen folgten ihm, und mit Verwunderung sah ich hier im neuen Hause ein gleiches Schränkchen wie in der Hamburger Baracke.

Der Kapitän hatte indessen mein Gesicht gemustert, als wolle er die Züge des einstigen Gymnasiasten herausstudieren. »Sie also sind der Doktor, der sich das große Haus dort auf der Höhe gebaut hat?«

»Ja freilich, Kapitän; und was für Abenteuerlichkeiten habe ich nicht hinter Ihrem stillen Neubau wittern müssen; aber freilich ...« meine Augen fielen auf den Knaben und ich schwieg.

Er hatte eben den kochenden Kessel nebst Flasche, Gläsern, und was sonst nötig war, vor uns hingestellt. »Dank, mein Junge«, sagte der Alte. »Aber nun geh mit deinem Licht in deine Koje; es ist Kinderbettzeit.«

Aber der Junge fiel ihm um den Hals und flüsterte ihm eifrig bittend in das Ohr.

»Nein, nein, Rick, heute nicht«, sagte der Alte; »der Herr kommt schon mal wieder, und früher als die Hühner auf die Wiemen müssen.«

»Doch! doch!« rief der Knabe. »Ohm! Alter John, nur eine Viertelstunde!« Und er würgte ihn fast mit seinen Armen.

Da riß der Alte ihn heftig von sich und hielt ihn, nach des Knaben Gesicht zu urteilen, nicht eben sanft an beiden Handgelenken vor sich. »Kalkuliere«, sagte er im ruhigen Kommandoton, »du gehst jetzt augenblicklich in deine Koje!« Dann ließ er ihn los, und der Knabe nahm, ohne ein Wort zu sagen oder uns nur anzusehen, sein Licht und ging zur Tür hinaus; ich hörte, wie er eine Treppe nach dem Oberhaus hinaufstieg.

John Riew' zog jetzt die Gläser an sich und begann den heißen Trank für uns zu mischen; als er aber die Flasche aufgezogen hatte, spürte ich an dem Duft, daß es Madeira oder Yeres sei, welchen er hineingoß. »Ei was, Kapitän«, sagte ich. »Sie trinken jawie ich! Hat der Jamaika Sie jetzt verlassen?« »Ich trinke ihn nicht mehr«, erwiderte er ernst; »doch wenn's Ihnen lieber, es wird noch eine alte Flasche dasein.« Ich danke, es ist mir so eben recht. Aber Sie? Vertragen Sie ihn nicht mehr? Sie sehen doch aus, als hätten Sie zeitlebens zusammenhalten müssen!«

»Es wäre auch sonst wohl so gewesen; aber – seit der Junge da geboren, haben wir uns geschieden. Doch – Sie schwiegen vorhin; jetzt ist frei Wasser; wonach wollten Sie denn fragen?«

Nun, Kapitän; zunächst freilich nach dem Jungen! Waren Sie inzwischen verheiratet? Sind Sie Witwer? Ist der Junge Ihr eigen, oder wo haben Sie ihn aufgelesen? Und wie kommen Sie dazu, sich hier auf dem völlig trockenen Lande anzubauen?«

»Holla!« rief er dazwischen, »nun ist's genug für einmal! Aber Sie erlebten mit mir den Anfang, so mögen Sie auch das Ende wissen!«

»Wenn ein Mensch zu viel Tugenden hat« – so begann er sein Gespinst, indem er mir eins der dampfenden Gläser zuschob – »dann ist der Teufel allemal dahinter.«

Ich mochte wohl gelacht haben. »Nein, Nachbar«, fuhr er fort, »das ist die simple Wahrheit; es ist gegen die Natur des unvollkommenen Menschen, den unser Herrgott nun einmal so geschaffen hat; denn irgendwo in unserem Blute sitzt er doch, und je dicker er mit Tugenden zugedeckt wird, desto eifriger bemüht er sich, die Hörner in die Höh zu kriegen. Ich hatte so einen Freund, Rick Geyers hieß der Junge, und wir fuhren auf einem Schiff; glaubt nicht, daß er ein Duckmäuser war; nein, im Gegenteil, ein wilder Kerl, aber dabei ein wahres Nest von Tugenden, seine halbe Heuer, solange sie noch lebte, schickte er an seine Mutter, und saß und schrieb an sie, während wir an den festen Wall gingen und unseren Talern Flügel machten. Hatte ein armer Teufel Unheil angerichtet, Rick wollte an allem schuld sein; aber man glaubte ihm zuletzt nicht mehr; denn er verstand fast ohne Wind zu segeln, unser großmäuliger Kapitän ging selbst bei ihm zu Rathaus; und dabei war er ein halb Dutzend Jahre kürzer auf der Welt als ich. Vor den Weibern, wenn er einmal mit uns anderen an Land war, konnte er sich kaum bergen; in Hongkong, da ist eine Gasse, freilich ehrbare Leute sollten dort nicht kommen; Ihr hättet nur sehen sollen, als wir einmal mit ihm hindurchgingen, wie das niedliche schlitzäugige Gesindel um ihn herum war! Rick Geyers aber sah mit seinen großen braunen Augen über sie weg, und wenn sie zu dicht an ihn herantänzelten und ihre Locktöne machten, dann räumte er sie schweigend wie eine Schar von Ungeziefer mit den Armen von sich. Die Dirnchen – denn sie sind zart und gelenkig – schlenkerten ihre feinen Händchen gegen ihn und flogen mit Angstgekreisch an ihre Haustüren, wo sie ihm wieder mit den feinen Fingern winkten; uns andere plagte, by Jove, die Eifersucht. Rick aber ging stumm und zornig neben uns: »Ein andermal, wenn ich bitten darf, gehen wir nicht durch die Menagerie hier!« sagte er, als wir hindurch waren.

Und so dauerte es denn nicht lange, und er war Kapitän, als ich noch das Rad am Steuer drehen mußte. Aber Freunde blieben wir auf Not und Tod, und der Wind wechselte nicht allzuoft, da hatte ich auch mein Schiff; aber trafen wir uns am Wall, so waren wir gleich beisammen.

Nun fand sich derzeit in Hamburg bei einer vornehmen alten Senatorstochter eine Art Mamsell, so gegen die dreißig schon; Riekchen hieß sie und war ehrlich und zuverlässig, allzeit wie mit eben geplätteten Kleidern angezogen und, ganz egal, mit einer gelbblonden langen Locke hinter jedem Ohr; sie konnte kochen und braten, sagte nie ein Wort entgegen und hatte niemals eine Meinung; die alte Dame behauptete, es gäbe auf der Welt keinen Mann für diese Perle; und wirklich, es begehrte sie auch keiner.

Und das war das Schicksal, für Rick Geyers mein ich; denn in dieses Unmuster von Tugend mußte der unselige Junge sich vergaffen; und noch mehr, er wollte sie heiraten, und kaufte sich sogleich zum Schauplatz seines Eheglückes die Baracke, wo wir beide, Herr Nachbar, später einst gewohnt haben. Nun, Sie haben ja das Riekchen selbst noch gekannt. – Ich packte den Rick eines Tages unter den Arm und ging mit ihm durch die Stadt und dann nach dem Stintfang hinauf, wo unten im Hafen seine stolze Brigg lag und die rot und weißen Wimpel im leichten Morgenwinde wehten. »Rick! Rick!« sagte ich, besinne dich doch! Du bist verblendet, bete vierundzwanzig Vaterunser, und es wird vorübergehn! Was willst du das einfältige Tugendmensch heiraten; du hast ja selbst die volle Ladung davon; unter so viel Tugend geht dein Schiff zugrunde ! Kann's nicht anders sein, so nimm dir eine schmucke wilde Katz, an der du deine Plage und doch auch dein Vergnügen hast! Was meinst du, Rick?«

Aber er lüpfte nur den Hut, daß die Luft durch seine braunen Locken ging, und sah mich lachend aus seinen hellen Augen an. »Dank für deine Weisheit, John«, sagte er; »aber was einer muß, das kann nur einer wissen.«

Da sah ich wohl, daß er weitab von aller Vernunft sei, und so hat er die Perle Riekchen zu seinem Unheil dann geheiratet. Aber ich sage Ihnen, Nachbar, auch derzeit, da sie jünger war – zehn Jahre auf einer Robinson-Insel!« und der Kapitän spreizte abwehrend seine

Hände vor sich. »Doch«, rief er dann wieder, »das Getränk nicht zu vergessen! God bless you, Sir!«

– – Schon einigemal hatte ich ein Rühren an der Türklinke vernommen; jetzt, während wir mit den Gläsern anklirrten und tranken, sah ich, daß die Tür, der ich zugewandt saß, um einen schmalen Spalt geöffnet wurde.

»Kapitän«, sagte ich, »es ist jemand vor der Stube.«

Er wandte sich: »Das ist Rick!« sagte er. »Junge, warum schläfst du nicht?«

Aber die Tür öffnete sich weiter. »So komm herein«, rief er, »wenn du was auf dem Herzen hast!«

»Ich kann nicht«, kam es von der Tür; und ich gewahrte jetzt freilich, daß der arme Schelm barfuß und im blanken Hemde draußen stand.

Da stieß der Alte einen Seufzer aus, erhob sich und schritt nach der Tür: »Nun, Rick, was willst du denn?«

»Ohm«, sagte der Knabe leise und vor Kälte zitternd, doch so, daß ich's verstehen konnte, »ich hab dir ja noch gar nicht gute Nacht gesagt!«

»Und deshalb konntest du nicht schlafen?«

Ich glaubte nur zu sehen, wie Rick stillschweigend mit dem Kopfe schüttelte. Und der Alte gab ihm einen herzhaften Schmatz: »Gute Nacht, mein Kind! Aber nun schlaf, und bitt vorher unseren Herrgott, daß er dein weiches Herz allzeit bei deinem harten Kopfe lasse!«

Da hörte ich, wie der Knabe behend die Treppen hinauf lief ; der Alte aber setzte sich langsam wieder an seinen Platz. Wir saßen eine Weile schweigend. »So ist er immer«, sagte er dann; »der Grund ist gut; ich dacht schon, daß er kommen würde.«

»Und doch«, erwiderte ich – ich konnte es nicht zurückhalten – »haben Sie ihn neulich recht hart behandelt, Kapitän!«

Er blickte mich an: »Sie meinen das mit dem Armenhause! Ja, ja, es mag auch so aussehen; aber er mußte einmal erfahren, wohin er ohne mich geraten würde.« Er trank einen Schluck und starrte vor sich hin. »Doch«, hub er wieder an, »ich wollte Ihnen von meinem alten Rick erzählen; der Junge ist ja noch gar nicht auf der Welt.«

Da fiel's mir bei, ich frug: »Ist er der Sohn von Ihrem Freunde? Ich mein, es war doch nur das Mädchen da?«

»Geduld, Nachbar«, sagte der Kapitän und legte seine Hand auf meinen Arm; »der Junge wird, leider, auch geboren werden; Ihr sollt alles noch erfahren! Also – wie in den ersten Ehejahren von Rick Geyers der Seegang gewesen ist, das weiß ich nicht; denn ich war überall, nur nicht in Hamburg. Dann aber, in einem Junimonat, kam ich wieder heim und hörte, auch Rick sei dort, er habe Havarie gehabt; sein Schiff liege auf der Werfte, er selber warte in seinem Hause die Zeit ab. Wer war fröhlicher als ich! Ich konnte es nicht erwarten, bis ich bei ihm war. Als ich die Tür seiner Baracke aufstieß, by Jove, da standen die beiden Tugendmenschen schon auf dem Flur; aber freilich, allzu lustig sahen sie nicht aus. Einen Augenblick noch, dann fiel Rick mir um den Hals: »Hurra for John!« rief er; »gib ihm die Hand, Riekchen!« und mit einem wunderlichen Blick auf seine Frau: »Aber, nicht wahr, verteufelt elend sieht der Kapitän doch aus?«

Ich glaubte, er sei toll geworden; denn ich platzte derzeit vor Gesundheit.

Meinst du, Rick?« sagte die Frau und nickte mir halb traurig zu; »ja, so rote Backen sind auch oft nicht von den besten.«

So? – meinst du?« rief Rick ingrimmig. »Ich meine das nicht. Sieht er nicht aus wie ein Berserker?«

Die Frau gab mir die Hand: »Freuen wir uns«, sagte sie, »daß Sie so gesund wieder ans Land gekommen sind!«

Ich dankte ihr; Rick aber warf seine kurze Pfeife, die er in der Hand hielt, gegen die Wand, daß der Porzellankopf in hundert Stücken über die Fliesen flog, und ich hörte, wie er mit den Zähnen knirschte.

»O Rick!« rief die Frau; »der schöne Pfeifenkopf; das hättest du nicht tun sollen!«

»Endlich! Danke, Riekchen!« sagte er, und ich sah, wie er ihr voll Hohn die Hand preßte; »aber freilich, Scherben müssen erst gemacht werden!«

Dann gingen wir in die Wohnstube, während das Weib, als wäre nichts geschehen, die Porzellanbrocken auf dem Flur zusammensuchte.

»Nimm dich in acht, Rick«, sagte ich, »daß dein Teufel nicht die Hörner hochkriegt!«

Aber er stieß ein Lachen aus, so fröhlich, als hätt ich ihn nur mit dem Kinder-Bußemann erschrecken wollen. »Komm«, sagte er und zog mich in die Schlafstube nebenan, »du weißt noch nicht, daß ich einen Engel in der Wirtschaft habe!«

Wir waren an sein Ehebett getreten, von dem er jetzt das schwere Deckbett zurückschlug. »Nun, John Riewe?« rief er triumphierend.

Und freilich, da lag – ich dacht im selben Augenblick: ein Engel; aber es war doch nur ein schönes Kind, im tiefen Schlaf; ein Mädchen von kaum zwei Jahren wohl; die eine Wange hatte es gegen sein Fäustlein gedrückt, über das die braunen Haare fielen; es war fast nackt, denn das Hemdlein hatte sich über die Brust hinaufgeschoben, und es glühte gleich einem Christkind wie von innerem Rosenlichte.

»Nun, John?« sagte Rick wieder, »du schweigst? Ja, Alter, dem müssen alle Teufel weichen!«

Und mit demselben schlug das Kind seine dunklen Augen auf, und die Ärmchen nach dem Vater streckend, rief es: »Papa, mein Papa!«

Da riß Rick es ungestüm aus den Kissen und preßte das schöne Ding an sein Herz und küßte es vielmal und flüsterte ihm heimliche Worte in sein Ohr, so leise, daß ich nichts davon verstand. Ich sah es wohl, sein Herz war voll, und was er seinem Weibe nicht geben konnte, das verschwendete er an das unvernünftige kleine Wesen.

Und doch, Nachbar; in späteren Jahren, und auch jetzt noch kommt es mir oftmals, es habe derzeit das Kind ihn dennoch wohl verstanden und sei nichts davon verlorengegangen.

– – Am anderen Tage kam ich nach dem Abendbrote zu ihm, er saß am Stubenfenster mit untergeschlagenen Armen und schaute auf die enge stille Gasse; das Riekchen hatte ich bei meinem Eintritt in der Küche rumoren hören.

»Nun, Rick«, rief ich, »was fängst du für Mäuse?«

»Ich fange gar nichts, John«, sagte er.

»Warum hast du denn deinen Engel nicht bei dir?«

»Das ist's, John; der schläft allezeit von jetzt bis übers Morgenrot; aber für mich ist's noch nicht Schlafenszeit.«

»So gehen wir ein Stück am Hafen!« sagte ich. »Du bist noch nicht auf meinem Schiff gewesen.«

Er schien eine solche Aufforderung nur erwartet zu haben, denn er sprang sogleich auf und riß seinen Hut vom Türhaken.

»Gehst du aus, Rick?« frag die Stimme seiner Frau, als wir durch den Flur gingen, und ihr geduldiges Haupt erschien aus der Küchentür.

»Ja, Riekchen; ich nehme den Schlüssel mit; wirst du müde, so schließe mit dem anderen zu!«

Sie nickte: »Gute Nacht, Rick! Gute Nacht, Kapitän Riewe!«

Wir gingen noch auf mein Schiff; aber es fing bald an zu dämmern, und so wanderten wir nach St. Pauli und gingen nach dem Trichter, wo wir bald zwei steife Gläser vor uns dampfen ließen. Wir sprachen erst von alten Zeiten; dann aber erzählte Rick von seinem Kinde, nur von seinem Kinde; er lachte selber wie ein Kind, es war wie eine lachende Freude, wenn er nur ihren Namen nannte; ich brauche Ihnen wohl nicht zu sagen, daß sie Anna hieß.

Als die Gläser leer waren, wollte ich aufstehen; aber er hielt mich zurück und zog seine Uhr. »Noch nicht, John!« sagte er; »es ist erst zehn: sie schläft noch nicht.«

Ich verstand ihn wohl; und so tranken wir noch weiter, und es war nach elf, als wir davongingen.

Noch an ein paar anderen Abenden saßen wir dort; aber jedesmal ein Viertelstündchen länger; und auf meine zwei Gläser trank Rick allemal drei; ich sah so viel, er war schon satt von seinem Tugendmuster und schätzte sie am höchsten, wenn sie schlief.

»Rick«, sagte ich, »nimm dich in acht, das dritte Glas, das ist des Teufels!« Aber er lachte: »Es ist nur ein Zeitvertreib, John; um ein paar Wochen ist mein Schiff wieder flott; und dann gibt's wieder Arbeit und guten Schlaf!«

Am Tage darauf war meine Zeit in Hamburg abgelaufen; wir schüttelten uns die Hände, das Riekchen nickte sanft, und auch die kleine Anna gab mir ihr Patschchen und sagte kläglich: »De, Ohm Jiew!« Dann begleitete Rick mich auf mein Schiff.

Noch einmal nach ein paar Jahren – es war in der Kapstadt – habe ich Rick Geyers wiedergesehen; aber er war es nicht mehr selber, es war nur noch ein Trunkenbold, der unter seinem Namen umging. Ich dachte damals, das sei mein größtes Leid, das ich erlitten, und vielleicht auch ist es jetzt noch so; nur daß über einen Mann uns das Erbarmen nicht so bitter faßt ... aber ich will der Reihe nach erzählen.

Als ich an der Bai nach meinem Schiff hinuntertrabte, denn in der Nacht noch sollte ich die Anker lichten, sah ich einen Mann vor mir am Wasser stehen, der mich trübselig aus seinem gedunsenen Gesichte zu betrachten schien. Ich stutzte: »Rick«, rief ich, »du bist es, Rick! Was fehlt dir? Bist du krank? Du siehst sehr übel aus!«

Doch er schüttelte den Kopf und sagte schwerfällig: »Mir fehlt nichts, John. Bleibst du noch lange hier?«

»Nein, Rick; nur bis heut nacht, und ich muß noch wieder nach dem Gouvernementshaus. Aber sag mir schnell: wie geht es bei dir zu Hause, deiner Frau, deinem kleinen Engel? Kommst du bald wieder zu ihnen?«

»Ganz wohl, alles wohl!« Weiter antwortete er nicht; aber er seufzte tief, als ob er sie verloren hätte.

»Du fährst noch immer die Fortuna?« frug ich wieder.

»Ja, John, ich fahre sie noch; wir sind erst gestern angekommen.«

»So lebe wohl, Rick! Ich habe leider keine Stunde mehr für dich; leb wohl!«

Ich ging, ganz vernichtet durch dies Wiedersehen. »Er schämte sich«, sprach ich zu mir selber; »Rick Geyers, der beste aller Jungen, ist verloren.«

Da fühlte ich mich plötzlich zurückgehalten: er war mir nachgelaufen; er lag in meinen Armen: »John, John, mein Freund! Noch einen Augenblick, wir sehen uns zum letztenmal!«

Und als er mich in seiner alten Liebe ansah, da waren seine Augen wieder jung und schön. »Das nicht, das wolle Gott nicht, Rick!« rief ich; »aber auf ein baldig Wiedersehen in der Heimat, in deinem Hause und bei deiner kleinen Anna!«

Er wiegte langsam seinen Kopf: »Leb wohl, John Riew'«, sagte er, und leise, als ob auch hier es niemand hören dürfte, setzte er hinzu:

»Und wenn du einmal heimkommst, dann frage nicht mehr nach Rick Geyers!«

Er riß sich los und war mir bald in einer Menschenmenge, die von der Stadt herkam, verschwunden. Das weiß ich noch, die heitere Sonne, die vom Himmel strahlte, hat mir damals wehgetan.

– – Nach ein paar Jahren – es war in Rio, und ich fuhr derzeit für eine Lübecker Firma das Schiff »Die alte Hanse« – nahm ich einen deutschen Matrosen in Heuer, der krankheitshalber dort zurückgeblieben war. »Wo stammst du her?« frug ich.

»Mein Vater«, erwiderte er, »wohnt am Johannisbollwerk!«

»In Hamburg?«

»Ja, Kapitän.«

»So kennst du auch wohl Kapitän Rick Geyers?«

»Ja, Herr; ich bin ein Jahr als Leichtmatrose mit ihm gefahren; aber – –«

»Was aber!«

»Er ist kein Kapitän mehr!«

»Hat er sich zur Ruh gesetzt? Er ist noch jung!«

Der Bursche schüttelte den Kopf: »Es ging nicht mehr!« Und er warf den Kopf zurück und machte mit der Hand die Bewegung, als ob er ein Glas an den Mund setze. »Er fährt jetzt mit dem Blankeneser Postewer.«

Ich nahm den jungen Menschen auf mein Schiff; aber ich hatte genug vom Fragen.

– – Ein paar Jahre später kam ich denn doch wieder nach Hamburg; ich hatte Überdruß am Seefahren, und mein Kopf war leidlich grau geworden. Ich ging nach Ricks Hause; aber Rick lag draußen auf dem Petrikirchhof: er war eines Nachts über eine in Reparatur begriffene Fletbrücke gegangen und durch eine Öffnung in das Wasser und in den Tod gestürzt. Ich denke wohl, er war mit einem schweren Kopf gegangen, der ihn hinabgerissen hatte; aber – allen Gerechtigkeit! – seine Frau hat nie davon geredet; nur die Nachbaren und der alte Doktor Snittger haben es später mir bestätigt.

Ich war inzwischen Makler geworden und mietete, nachdem ich mit meinem alten Herrn zu Lübeck ins reine gekommen war, die kleine Oberetage; schön war sie nicht; aber sie genügte, und Rick Geyers' Weib und Kind kam es zugute. Ein halb Jahr darauf fand sich auch noch ein Schüler des Johanneums für die untere Stube rechts, und das waren Sie, Herr Nachbar; ich denke, wir haben uns, bis Sie zur Universität gingen, leidlich genug in dem engen Haus vertragen!

Sie wissen, die Anna war damals schon ein gestrecktes Mädchen, nach dem wohl ein so junger Gesell, wie Sie es damals waren, sich einmal umschauen mochte!«

Der Kapitän sah mich schelmisch an, und es mag wohl nicht gefehlt haben, daß ich rot geworden bin.

»Du lieber Gott!« fuhr er dann fort, »wir wollen nicht darüber scherzen; aber ich darf wohl sagen, daß das Kind die Liebe zu seinem Vater auf dessen alten Freund übertragen hatte, und mir war oft, als sähe sie mich mit seinen jungen Augen an, wenn er – wie oftmals! – mich herzhaft auf die Schulter schlug und dann rief: ›Ja, John, du bist's, auf den man sich verlassen kann!‹«

Der Kapitän seufzte und schlug sich gegen die Stirn: »Das aber war zuviel gesprochen«, sagte er, »denn Dummheit ist auch eine arge Sünde! Ich plagte mich viel mit dem lustigen Mädchen; Sie haben es ja selbst gesehen, der Unband war mir lieb als wie mein eigen Blut, und wenn nach etwas ihr Gelüsten stand, Ohm Riew' mußte allzeit Rat wissen. Das alte Riekchen hatte seine unschuldige Freude daran, und das Kind übernahm bald fast meine ganze Bedienung; Ihnen, Nachbar, blieb nur das alte Weib: ich habe manches Mal darüber lachen müssen; aber der Kaffee von der Anna hätte Ihnen doch noch besser geschmeckt!«

Der Alte schwieg plötzlich und horchte nach oben hinauf.

»Ja, der Junge schläft«, sagte er; dann trank er den kleinen Rest aus seinem Glase und machte sich daran, ein neues für sich zu mischen, denn der kleine Kessel sauste immerfort. Mir war, als ob ihm das Erzählen plötzlich widerstehe, oder als ob er sich besinnen müsse, wie er fortzufahren habe.

Aber er saß schon wieder auf seinem Platz, und ohne das dampfende Glas zu berühren, hub er aufs neue an: »Es sieht manches aus wie ein Kinderspaß; aber auch der Strauß hat erst in einem Ei gelegen! Sie wissen, Nachbar, es war meine alte

Seemannsart, zwischen Nachmittag und Abend ein gutes Glas zu trinken, und was den Rum anlangt, so hatte ich allzeit was Echtes in meinem Schränkchen. Ich hatte die Anna gelehrt, nach meinem Maße mir das Glas zu mischen; aber wenn sie den Rum in das heiße Glas goß und nun der Dampf ihr in das feine Näschen stieg, dann begann sie ein Gehüstel, bog den Kopf zurück und machte allerlei Gesichter des Abscheues gegen mich.

Ich lachte darüber und sagte: »Probier es nur!« oder: »Es wird dir doch noch schmecken«

Aber eines wie das andere Mal erwiderte sie: »Ich habe es schon geschmeckt, Ohm; es ist abscheulich!« und schob mit ausgestrecktem Arm das Glas mir zu.

Es wurde allmählich eine stehende Neckerei zwischen der Jungen und dem Alten. »Du sollst doch noch probieren!« rief ich endlich; »ist das ein Koch, der nicht probieren kann?«

»Ich bin kein Koch!« sagte sie schnippisch.

»So bist du doch mein Mundschenk!« »Ich tu's aber doch nicht!« rief sie und flog mir aus der Stube und die Treppe hinab.

Ich alter Tor, ich muß jetzt denken, daß ihre Natur uns habe warnen wollen; aber ich ging wie mit verbundenen Augen.

Nun war's an meinem Geburtstage, und ich hatte, mir selber zur Festfreude, dem Kinde ein Dutzend Schnupftücher von einer Extra-Qualität geschenkt, da ich ihre Lust an feinem Linnenzeuge kannte. Und wirklich, sie leuchtete vor Freude, als sie zur Mutter lief und ihr die schöne Ware zeigte; und über ein kleines saß sie auch schon am Fenster, um ihr kunstvolles Monogramm hineinzusticken. »Mein Ohm!« rief sie mir zu: »ich tu dir alles zu Gefallen!«

»Das ist schon mein Gefallen«, sagte ich, »daß du dich freust.«

»Nein, noch was anderes, Ohm!« Sie sah mich geheimnisvoll mit ihren dunklen Augen an und stickte weiter an ihren Monogrammen.

Abends brachte sie mir, wie gewöhnlich, das Kesselchen mit heißem Wasser auf mein Zimmer; sie nickte mir zu, und als es kochte, begann sie mir mein Glas zu mischen. Sie tat das wie in Freude zitternd und doch so feierlich, als solle sie ein Opfer bringen. Dann hielt sie das dampfende Glas hoch vor ihrem Angesicht: »Ohm«, sagte sie, indem sie auf mich zutrat, »mein Ohm, mögst du noch vielmal diesen Tag erleben!« Der herzlichste Strahl, den meine arme Seele je getrunken, flog aus ihren Kinderaugen in die meinen. Dann setzte sie das Glas an ihren Mund und tat einen starken Zug daraus.

Aber es war zuviel gewesen, was sie sich zugemutet hatte: wie im Krampf spieen die jungen Lippen den scharfen Trank hinaus, und das Glas fiel aus ihrer Hand zu Boden, daß der Inhalt und die Scherben umherflogen; dann stürzte sie in den Alkoven, an meinen Waschtisch; ich hörte, wie sie Wasser in ein Glas goß, ein- und zweimal, und wie sie gurgelte und sprudelte, als gelte es, einen Gifttrank wegzuspülen.

Ich ging ihr nach; da fiel sie mir um den Hals: »Ohm, mein süßer Ohm . . . ich konnte nicht dafür . . . verzeih mir, sei nicht bös!«

Das Kind war außer sich; dennoch wollte sie mir ein neues Glas bereiten; aber ich litt es nicht, ich nahm sie auf meinen Schoß: »Sei ruhig, Anna, du weißt es ja; wir beide können einander gar nicht böse sein!«

Da preßte sie meinen Hals mit ihren Armen, als ob sie mich ersticken wollte: »Du bist gut, mein Ohm; ich weiß es, du bist gut!« und dann weinte sie sich noch ein braves Stückchen.

Aber auch das, Nachbar, öffnete mir nicht meinen vernagelten Verstandeskasten. Am anderen Abend kam sie wieder mit ihrem Kesselchen. »Zünd nur die Lampe an«, sagte ich; »hernach mach ich mir's schon selber.«

Ich wollt, Sie hätten ihr bittend Angesicht gesehen. »Laß mich, Ohm!« sagte sie. »Ich weiß, ich kann es heute.«

Ich wollte es dennoch wehren; aber jetzt stampfte sie mit ihrem Füßchen: »Ich muß aber, Ohm; das ärgert mich, das von gestern!«

So litt ich's denn; und als sie ihr: »Zur Gesundheit!« sprach und dann ein Schlückchen aus dem Glase trank, hielt sie den Atem an und Mund und Augen gewaltsam offen; aber, ich sah es wohl, ein paar Tränen sprangen doch heraus. Bald danach sind Sie ins Haus gezogen, und – Sie haben es ja selbst gesehen, wie zierlich sie uns zu kredenzen wußte. Gott verzeihe mir! Das Kind steuerte Backbord; aber ich hätte Steuerbord halten sollen.

– – Im Winter, nachdem Sie fort waren, suchte mein Lübecker Reeder mich wiederum zu ködern; der schlaue Alte hatte es heraus, daß ich zu früh mich landfest gemacht hatte; er meinte, ich könnte wohl noch ein paar Jahre wieder laden und löschen. Von dem dazwischen sprach er nicht; aber er bot mir ein neugebautes Vollschiff und einen Part darin. Mir gefiel das schon; aber was sollte dann aus Riekchen Geyers und meiner Anna werden? Denn auch Ihr Quartier im Unterhause stand unvermietet. Da, als ich eines Tages in der Januarsonne mit Anna über den Gänsemarkt promenierte, blieb sie vor einem Weißwarengeschäft stehen und betrachtete begierig die Sauberkeiten, die hier alle in dem Ladenfenster ausgelegt waren. Ich wollte ungeduldig werden; aber sie hatte trotzdem immer ihren Finger noch nach etwas Neuem. Auf einmal kam mir die Erleuchtung: »Komm«, sagte ich, »was meinst du, wenn ihr selber solchen Laden hättet?«

Sie wurde schier dunkelrot vor Freude; aber gleich darauf sagte sie traurig, ihr dunkles Köpfchen schüttelnd: »Das ist ja nicht möglich, Ohm!«

»Nicht möglich, Anna? Aber was meinst du, wenn dein Ohm es dennoch möglich macht! Komm nur, wir wollen gleich zu Hause, und Mutter soll ihren Segen geben!«

By Jove, ich hatte Not, daß sie mir nicht vor allen Leuten um den Hals fiel.

Und so kam es denn in Ordnung. Freilich, mein Maklerverdienst ging so zirka wohl darauf; aber wen hatte ich denn sonst, für den ich sorgen konnte! Die Stube rechts, wo Sie Ihre Lateiner studiert hatten, wurde zum Laden umgewandelt; die Einkäufe waren schon gemacht, Näherinnen außer dem Hause wurden in Arbeit genommen und eine Glocke über der Haustür angebracht; Anna selbst war das behendeste Ladenjüngferchen und saß fleißig mit der Nadel in der Hand. Wie ich nach ein paar Jahren aus einem Briefe der Mutter sah, gewann sie später noch besseren Verdienst, indem sie in fremde Häuser schneidern ging; damals aber warteten wir noch auf Käufer; und sie kamen auch, erst die Nachbarn und die Apothekertöchter, mit denen Anna damals wohl zusammen lief, dann auch von den Gästen aus dem Kaiserhofe. Ich hörte mit Behagen unsere Glocke läuten, wenn ich oben auf meinem Zimmer saß.

Und endlich eines Abends nahm ich mutig einen großen Briefbogen und schrieb darauf an meinen alten Herrn Richardi in Lübeck, daß ich sein neues Schiff, »Die alte Liebe«, führen würde.

»Die alte Liebe« war so gut wie ihr Name; und wir hatten Glück, mein alter Herr und ich! Fünf Jahre lang bin ich gefahren, wie noch nie zuvor – aber wir haben noch andere Abende, davon zu reden –, nur bei der letzten Fahrt, in den englischen Nebeln, zwischen Plymouth und Southampton, da hätten wir bald, trotz Nebelhorn und Schüssen, das Schiff und auch uns selbst verloren. Das machte mich kopfscheu; mir schien's nun endlich doch genug vom Wasser und besser, das bißchen Lebensrest im Trockenen zu verzehren. Doch mein Herr Richardi in Lübeck war nicht solcher Meinung, und da er mich halten wollte, so wußte ich wohl, weshalb er mit unserer Abrechnung immer noch nicht fertig wurde. »Herr«, sagte ich endlich, »ich besuche meinen alten Ohm in Holstein; indes wird hier wohl alles klar?«

Er brummte etwas, und ich fuhr am anderen Tag hieher. Es war aber ein rechtes Doppelwrack, was ich hier fand: den geizigen Greis und sein großes verfallenes Bauernhaus, worin einst eine weitläufige Wirtschaft war betrieben worden. Zwei Stuben mit vollen Schränken und hohen Wandbetten standen bestaubt und unberührt; der Eigentümer und eine verrunzelte zahnlose Magd hausten jetzt allein in einer Kammer; freilich, auf dem Boden jungten die Marder in den Ecken und schleppten des Nachts ihre Beute heim und sprangen durch die Löcher des alten Strohdachs auf die Bretter, daß in der Stube unten nicht zu schlafen war. In einer Nacht, wir waren gegen August, kam unerwartet ein Sturm auf; das ganze Dach schüttelte sich, und ich hörte, wie ein Fach Mauerwerk herauspolterte; da sprang ich auf und ging die Nacht spazieren. »Ohm«, sagte ich am anderen Morgen, »mein Schiff war doch noch sicherer als Euer Haus; Ihr müßt bauen, sonst begräbt's Euch noch!«

Aber er lachte, indem er sich sein schlotteriges Wams über seinen hageren Leib zuknöpfte. »Das verstehst du nicht, John; die alten Häuser sind zäh. Du kannst es flicken lassen, wenn sie mich hingetragen haben.«

Ich hielt's nicht länger aus, mich überkam ein plötzliches Verlangen nach unserer kleinen Anna, und ich schrieb an Riekchen Geyers, daß ich kommen würde.

Am zweiten Tage danach fuhr ich mit dem Wochenwagen ab. Als mein Ohm mit seiner Magd, die ich mit einem unmäßigen Trinkgeld erfreut hatte, mich hinausbegleitete, gab er mir die Hand: »Aber John!« sagte er, »das in dem Kanal, das will mir nicht gefallen; bleib schmuck im Lande nun! Wenn du versöffest, ich müßt mein Testament ummachen lassen; das sind teure Sachen!«

Damit fuhr ich ab. Als ich vors Millerntor in Hamburg kam, ging just der Tag zu Ende; ich konnt's nicht lassen, stieg ab und spazierte nach dem Stintfang hinauf; da sah ich am Hafen längs den ganzen Mastenwald im braunen Abendrot. Langsam ging ich dort hinunter, und da überfiel's mich: »Haus oder Schiff? Land oder See?« Ich schlenderte am Bollwerk entlang, den Kopf voll melancholischer Gedanken; da kam der Sohn unseres Nachbarn, des Apothekers, mir entgegen; er war in Kalifornien gewesen, kam aber jetzt von Hause und wollte nun wieder in die Minen. Die beiden Schwestern hatten den wilden Jungen weich gemacht, ich glaube, am liebsten wäre er mit mir umgekehrt; zuletzt aber häkelte er zwei Klümpchen Goldes los, die er als Berlocks an der Kette hängen hatte. »Good bye!« sagte er, »bringt's den Dirnen; wenn ich wiederkäme, sollt's ein Pfund sein!« Und damit drehte er ab und ging davon.

Ich steckte die Berlocks in die Tasche und wanderte jetzt rascher in die Stadt hinein. Als ich Ricks Häuschen erreicht hatte, brannte im Flur schon eine Lampe. Ein dunkelköpfiges Mädchen flog aus dem Laden, nicht groß, aber schlank; ein zierliches Stutznäschen und über der Stirn, nicht was die Frauenzimmer Simpelfransen nennen, nur so die feinen Stirnlocken, die mit dem Kamm nicht mehr zu bändigen waren; und vor der Brust hing ihr ein sauber Spitzentuch.

Ich zog sehr höflich meinen Hut und wußte nicht, war das feine Ding sie oder war's nur eine fremde Jungfer? Freilich, so auf Siebzehn schien auch die zu stimmen, die mich da mit ihren großen braunen Augen ansah; aber ich war doch nicht auf Nummer Sicher und sagte lieber vorsichtig: »Guten Abend; wär Frau Geyers wohl zu sprechen?« – »Guten Abend«, sagte sie – und mir war's, als ob sie innerlich lache – »treten Sie nur näher!« – Aber ich kehrte mich zu ihr: »Um Verzeihung, liebes Kind«, sagte ich, »wie heißen Sie denn?« Sie neigte den Kopf, daß ich vom Gesicht nur noch die Stirnlöckchen sehen konnte, und sagte: »An-na!«

Sie sagte das so eindringlich, so very engaging; es sang ordentlich was in den beiden Silben, und wieder auch, als wär ein Mädchenlachen noch dahinter.

Dann aber, als Frau Riekchen jetzt aus der Stube trat, da lachte sie wirklich und warf den Kopf empor: »Mutter«, rief sie jubelnd, »da ist Onkel Riew', und er kennt mich nicht mehr!« Und sie flog mir an den Hals, die junge Katze! In mir aber rief es: »Land, Land! Nicht nochmals auf die Planken!«

Ich wohnte schon wieder oben in meinem alten Quartier und hatte aus Lübeck und vom Schiff schon meine Sachen um mich. Es war fast wie früher, nur daß, weil die Frauen anderes zu tun hatten, eine kleine Magd mich jetzt bediente, und ich abends meist mein Glas im Kaiserhofe trank. Da fielen die goldenen Berlocks mir eines Vormittags in die Hand, die ich noch immer abzuliefern hatte, und ich machte mich sogleich jetzt auf den Weg.

Als ich eintrat, fand ich im Zimmer nur die beiden Mädchen, die vor einem Tische emsig an großen bunten Lappen nähten; da ich aber mein Gewerbe anbrachte und die Goldklümpchen in ihre Hände legte, by Jove, da ging das Gejammer los: »Ach der Herzensbruder, o mein Peter, Peter!«

Wisset, Herr Doktor, ich kann die Frauenzimmertränen nicht leiden, denn sie machen mich boshaft, was ich von Natur nicht bin; aber so wie eine wilde Gans aus der Tür rennen, das war doch auch nicht schicklich; ich blieb also vorderhand noch sitzen. Da öffnete sich die Tür und eine alte Näherin trat herein, die mir von früher wohlbekannt war. Sie hatte wieder solchen Lappen in der Hand, wie die hier drinnen; es mußte also miteinander wohl ein Kleid ausmachen; auch paßten sie es zusammen und strichen es sich an Hals und Schultern. Als die Alte fortgegangen war, dachte ich für die Anna ein Wort einzulegen und sagte: »Ist das Ihre Näherin? – Die könnten Sie ein Pfundsmaß hübscher haben! Ich meinte, daß die Anna Geyers bei Ihnen nähte?«

»Ja«, sagte die Älteste und wischte sich den Tränenrest von ihren Backen, »die ist freilich hübscher.«

– »Steht Ihnen das Mädchen denn nicht an?«

»O – wir haben sie ja schon gehabt.«

»Und Sie wollen sie nicht wiederhaben? Das tut mir leid, sie ist so halbwege ja mein Ziehkind.«

»Ja; aber ...« Sie bückte sich über ihre Näherei und kam nicht an Bord mit ihrem Satze.

– »Schießen Sie los, Mamsellchen!« sagte ich. »Helles Feuer ist das beste. Die Anna soll doch ihre Arbeit gut verstehen; hat sie gestohlen, oder wo steckt denn sonst der Fehler?«

»Nun, Herr Riew«, sagte die Jüngere und luvte mich mit ihren kleinen unverschämten Augen an; »gestohlen nun wohl nicht; es ist nur eins!«

Die Ältere winkte ihr zu und schüttelte den Kopf; aber das schwarze Ding ließ sich nicht übersegeln: »Ich will es Ihnen sagen, Herr Riew', sie hat für uns zu vornehme Bekanntschaften; wir sind ehrliche Bürgermädchen; mit Grafen und Posamentiergesellen haben wir nicht gern zu tun, auch nicht mal durch die dritte Hand! Und das noch nicht allein!«

»Liebes Mamsellchen«, sagte ich, da sie innehielt, »sparen Sie die Worte nicht; ich bin bereit zu hören.«

Hierauf, während die Ältere sittsam auf ihre Arbeit sah, rückte das beredte Mädchen sich einen Schemel unter die Füße und setzte sich ordentlich in Positur. »Es war im vorigen Herbste, Kapitän Riew'«, sagte sie, »und die Zentralhalle war eben eröffnet; man konnte in Familie an kleinen Tischen sitzen, seinen Tee oder eine Tasse Schokolade trinken und dabei eine Komödie, oder was es sonst denn gab, mit ansehen, und die Kosten waren auch nicht schlimm. Alle gingen hin, und groß wurde davon gesprochen. Wir, Herr Riew', gehören nicht zu denen, die nach allem Neuen laufen; aber die Gummi-Elasticum-Kerle, als die angekündigt wurden, die mußten wir doch sehen! Wir beide gingen also eines Abends in die Zentralhalle, unsere Mutter war natürlich bei uns; der alten Dame schwindelte der Kopf, und sie hätte bald ihren Zufall bekommen, als wir in den ungeheuren Saal traten; doch es gab sich zum Glück, als wir erst an einem Tischchen unsern Tee tranken und dann der Vorhang aufging. Die Elasticum-Kerle waren freilich besser auf dem Zettel als auf der Bühne; aber als der eine sich rückwärts um den Tisch wickelte und der andere als Schlange über ihn wegkroch, ihre Faxen sahen sich doch lustig an. – Da, als wir im besten Lachen waren, entstand an einem Tische, ein Stückchen von uns, ein Rumoren, daß wir unwillkürlich unsere Augen dahin wenden mußten. Zwei Frauenzimmer hatten dort schon länger mit dem Rücken gegen uns gesessen; nun langten noch zwei leidlich junge Herren an; der eine sah wirklich vornehm aus; aber wer weiß das! Das Gesicht war ziemlich verkommerschiert, und die vielen Haare, die nicht mehr da waren, hatten wohl auch umsonst sich nicht empfohlen. Das gab ein Reden und Komplimentieren, ein Schurren mit den Stühlen; dann rief der Kleinere von den beiden nach dem Kellner. Ein blasser Schlingschlang mit weißer Binde drängte sich an den Tisch: ›Befehlen? – Ja, was?‹ – Und der Kellner zählte her, was er zu bieten hatte. – Dazwischen rief der Kavalier: ›Genug, Kellner! Zum Vorschmack vier Gläschen schwedischen Punsch!‹ – Kennen Sie es, Kapitän? Es soll furchtbar stark sein!«

Ich nickte.

»Nun, die Gläser kamen, und die Herren hatten's immer nur mit dem einen Frauenzimmer, als wenn die Gummi-Elastiker sie gar nichts angingen, und sie gingen auch mich bald nichts mehr an, denn ich sah immer nur nach diesen vier Menschen. Da stößt meine Mutter mich in die Seite: ›Du‹, sagt sie, ›kennst du das Frauenzimmer in der lila Haube?‹ Und da ich nein sage –: ›Frau Geyers‹, flüsterte sie mir zu, und als die andere just den Kopf wendet: ›Herr Jesus!‹ ruf ich, ›und da ist auch die Anna!‹

In diesem Augenblick stand der vornehmere der Herren auf. ›Ihr Glas ist leer, Fräulein‹, sagt er zu der Anna; aber, indem er sich wendet: ›Freund Jack, das war wohl eigentlich kein Getränk für Damen!‹

Der andere lachte: ›Nur ein gustus, Edmund!‹

›Verzeihen Sie, meine Damen!‹ begann der Vornehmere wieder; und: ›Kellner! Kellner!‹ rief er so laut, daß sie von allen Tischen ihn zornig ansahen und zu brummen anfingen; denn auf der Bühne ging jetzt ein Lustspiel vor sich. Aber er kehrte sich nicht daran, und als der Schlingschlang wieder vor ihm stand mit seinem atemlosen ›Herrschaften befehlen?‹ rief er: ›Champagner! Zwei Flaschen auf Eis!‹

Nun, Kapitän, das kann ich Sie versichern, Anna hat nicht am wenigsten davon getrunken! Ihr schmuckes Lärvchen brannte ordentlich, und daß sie mit der linken Hand sich auf den Tisch stützte, wenn sie sich erhob und mit den Herren anstieß das war auch nicht von ungefähr! Hätte die Mutter nicht mit ziemlich trockenem Munde dabeigesessen, sie wäre ach dem Schauspiel wohl, Gott weiß, wohin gekommen; denn der am vornehmsten aussah, der schien viel Gutes nicht mit ihr im Sinn zu haben!«

Als das lustige Mädchen mit ihrem Gespinst zu Ende war, sagte ich nichts, denn mir war nicht eben wohl ums Herz, Nachbar; ich hörte nur, daß jetzt die ältere Schwester der jüngeren beistimmte: »Wir reden natürlich nicht davon«, sagte sie, »aber ins Haus nehmen, das geht doch nicht!«

Und die Jüngere warf den Kopf zurück: »Ich danke – wenn der Herr Graf sie abends vor unserer Haustür erwartete – da könnte am Ende ich noch in den Geruch einer Gräfin kommen!«

»Sie haben völlig recht, Mamsell Nettchen, und das wäre wenig passend«, sagte ich und empfahl mich höflichst.

– – Daß ich beim Nachhausekommen mir unsere alte Tugendhafte auf mein Zimmer bat, und was der Inhalt unseres Gespräches gewesen, brauche ich Ihnen wohl nicht zu erzählen; aber soviel sah ich, die Apothekermädchen hatten jedenfalls nur mäßig übertrieben; die Herren aus der Zentralhalle aber waren freilich Biedermänner, der eine ein Graf, der andere ein Baron.

»Riekchen, geht in Euch!« rief ich, »besinnt Euch! Biedermänner, und Grafen und Barone? Und mit Euch in der Zentralhalle?«

Das war zuviel. »Ohm Riew',« sagte sie, »unsere Anna ist ein Kind; – ich aber bin mein langes Leben hindurch eine ehrenwerte Frau gewesen! Wir werden sie nicht verunehrt haben!«

Du lieber Gott! sie wußte nicht einmal, weshalb Rick Geyers in sein frühes Grab getaumelt war.

Nicht lange darauf kam ich eines Abends spät nach Hause; da die Straßentür noch offenstand, so trat ich, ohne daß es schellte, in den Flur. Es war schon dunkel hier, nur durch das Guckfenster in der Ladentür fiel ein Schein heraus. Ich stand einen Augenblick, denn ich hörte, wie drinnen eine Herrenstimme sprach, und allerhand, was ich erst nicht reimen konnte.

»Verzeihung, Madame«, sagte der Jemand, »die Toilette ist keineswegs kostbar, nur ein weißes weiches Gewand und weiter nichts! Es darf sich keine vor der anderen auszeichnen; die Blumen wird die Gesellschaft den Damen liefern; und ich würde hier« – er sprach das wie mit einer zärtlichen Verbeugung – »um die Erlaubnis bitten, dem Fräulein blaßrote Rosen anbieten zu dürfen!«

Es entstand eine Pause; dann schien unsere tugendhafte Mutter eine leise Bedenklichkeit zu äußern, die ich nicht verstehen konnte. Aber der Unbekannte sprach sogleich: »Pardon, Madame; das ist es ja; nicht Rang und Stand, denen unsereiner gern einmal entflieht, soll hier den Ausschlag geben, sondern Schönheit und gute Sitten; doch da dieselben selten beieinander sind, so wird der Zirkel nur ein kleiner sein, ein Dutzend Paare etwa. Sie wissen, in den richtig konstruierten Familien ist stets die Mutter die Schöpferin der Tugend ihrer Kinder; und nicht jede Tochter, Madame, ist so glücklich wie die Ihre!«

»Damned scoundrel!« brummte ich bei mir selber; denn mir war, als sähe ich durch die Tür ihn jetzt sein nichtsnutziges Kompliment gegen unsere Alte machen. Und wer war denn der Monsieur? – Am Ende der Versucher in eigener Person; nur in Monaco beim Pharao und beim Roulett, unter dem vornehmen nichtsnutzigen Volk war mir solche Menschenstimme vorgekommen.

Unwillkürlich trat ich dem Guckfenster näher; denn ich hörte schon die Alte sagen: »O, Herr Baron, wenn doch alle Ihresgleichen solche Grundsätze hätten!«

Aber der Versucher war schon wieder da: »Ich bitte, Madame, beurteilen Sie uns nicht voreilig! Der Präsident unserer Gesellschaft ist von einer Strenge, daß man sich ihm gegenüber um sich selber, ja fast um unsere Damen bangen dürfte; aber – enfin, er wurde gewählt, und zwar mit allen Stimmen!«

Ein Ruf des Erstaunens entfuhr unserem alten Tugendmöbel, als ich eben in das Fenster sah. Ein großer, eleganter Herr saß beinbaumelnd vorne auf dem Ladentisch; wahrhaftig, Herr Nachbar, ich weiß noch heute, daß das Bein in perlgrauen Hosen steckte! Im übrigen alles, wie man's nur verlangen konnte; dünnes, aber modisch frisiertes schwarzes Haar, ein kleiner Schnurrbart in einem glattrasierten Angesicht; die eine Hand, in hellem knappem Handschuh, lag mit dem Augenglas auf seinem Knie. Er sah nicht übel aus, beileibe nicht! Aber um Mund und Augen zuckte etwas – ich kannte es wohl, Herr Nachbar – es macht die Weiber fürchten und fängt sie endlich doch, wie arme Vögelchen! Man soll nur wissen, daß nichts als böse Lust dahintersteckt.

Die Alte stand mit übergeschlagenen Händen vor ihm und sah in dummer Anbetung zu ihm auf. Für mich, das muß ich sagen, hatte der Geselle eine verflucht konfiszierte Physiognomie ! Er hatte stets nur zu der Mutter geredet; aber Anna, die dort im Winkel stand, sah mit brennenden Augen auf ihn hin. War das am Ende ihre vornehme Bekanntschaft, von der jene Mädchen gesprochen hatten?

Ich ging zurück an die Haustür und stieß sie zu, daß die Glocke läutete; dann trat ich in den Laden. Mein Erscheinen mochte den drinnen eben kein groß Pläsier machen: Anna kam aus ihrer Ecke und ging daran, einige Bänder und Spitzen vom Tische in einen Pappkasten zu räumen; der fremde Musjö hob sein Glas an die Augen und sah auf mich herab, als ob ich unter seinem Blick verschwinden müßte.

Aber ich verschwand nicht, sondern setzte mich auf einen Stuhl neben der Tür und sagte: »Schön warm hier drinnen; guten Abend, meine Herrschaften!«

Das alte Weib drehte sich hin und her: »Unser Onkel Riewe, Herr Baron!« sagte sie. »Er wohnt bei uns im Hause.«

»So?« erwiderte er gleichgültig und streckte das Kinn vor; und ich hörte ordentlich, wie das kleine Wort zu Boden fiel: »Sehr angenehm!«

»Lüg du und der Teufel!« dachte ich; aber ich nickte ihm zu und sagte höflich: »Dito, mein Herr; gleichfalls!«

Und damit war unsere Unterhaltung zu Ende. Und da ich nun meinen Hut auf meinen Stock hing und diesen neben mir an die Wand stellte, so mochte er zu der Meinung kommen, ich sei so leicht nicht zu verjagen; wenigstens glitt er bald vom Ladentisch herunter. »Madame!« sagte er, und mit einem langen Blick auf die Anna: »Mein Fräulein! Sie gestatten mir wohl, zu gelegenerer Zeit wieder vorzusprechen!« Dann, ohne mich auch nur anzusehen, war er bei mir vorbei und zur Tür hinaus, und die Alte mit: »Sehr angenehm!« und »Allzeit willkommen, Herr Baron!« hinter ihm her. Anna hatte nur eine stumme Verbeugung gemacht; aber es war gut, daß ihre Augen festsaßen in ihrem heißen Angesicht.

Als die Alte wieder eintrat, waren wir drei denn nun allein beisammen. »Hm«, sagte ich endlich, da die anderen beiden schwiegen, »ein feiner Maat, der euch da beehrt hat!«

Die Alte nickte: »Ein sittsamer, edler, junger Herr! Aber ich glaube, Onkel John, Ihr habt ihn fortgetrieben!«

»Was hab ich, Riekchen?« rief ich; denn so sanft sie das auch vorbrachte, solch eine Anklage hatte ich noch nie von ihr gehört. »Ich habe ja in aller Ehrbarkeit auf diesem Stuhl gesessen!«

»Ja, Riew', das haben Sie wohl; aber – Sie saßen so, als wollten Sie den Herrn Baron zur Tür hinaushaben!«

»Und das wollt ich auch, Riekchen!« rief ich, »und er ist denn auch gegangen; und wisset Ihr, weshalb? – Weil er ein schlecht Gewissen hatte! Weil er keinen Mann gebrauchen konnte beim Auswerfen seiner Angel, womit nur junge Dirnen und alte dumme Weiber zu ködern waren! Und wenn Ihr noch etwas Mutterwitz im Kopfe habt, so beißt Ihr nicht daran!«

Die Alte stieß einen sanften Klageton aus und ging händeringend auf und ab; ich aber war zornig geworden, Nachbar, und wollte es nicht noch mehr werden; deshalb nahm ich Hut und Stock und stieg hinauf nach meiner eigenen Wirtschaft.

Am anderen Morgen mußte ich nach Lübeck, um endlich mit meinem alten Reeder rein zu werden. Er ließ, als ich ankam, nicht ab, ich mußte bei ihm Quartier nehmen, in seinem großen Hause in der Wahmstraße, wo die braungetäfelten Zimmer danach aussahen, als seien Marx Meyer und Herr Jürgen Wullenweber dort noch aus und ein gegangen; der lange Hausflur stieg in das erste Stockwerk hinauf, und oben lief eine Galerie herum, auf welche viele Türen, auch die von meinem Schlafkabinett, hinausgingen. Das alles hatte ein gar stattlich Ansehen.

Der alte Herr selber war etwas gebrechlich schon; ein wenig steif im Rücken und die Finger vom vielen Schreiben krumm; aber er saß noch immer an seinem Pult; denn er war der Letzte, er hatte keinen Sohn. Wir beide waren aber noch allzeit miteinander fertig geworden; nur etwas langsam ging es, und Geduld mußte man haben. So zog es sich denn auch jetzt wieder von einem Tag zum anderen. Die Sache war aber eigentlich, ihm fehlte immer noch der Kapitän für »Die alte Liebe«; er dachte wohl, hätte er mich im Hause, so wär ich noch zu halten.

Als ich eines Morgens aus meiner Kammer getreten war und über die Galerie in den steinernen Flur hinabsah, schritt er dort eben aus einer der hinteren Stuben hervor, in seinem grauen Röckchen, das spärliche Haar zu einem dünnen Pull emporgekämmt. »Nun, Kap'tän Riew'«, rief er hinauf blickend, »hat die letzte Nacht Euch bessern Rat gebracht?«

»Nein, Herr; es muß bleiben, wie es ist«, rief ich hinab.

»Ich glaube, Riew', Ihr wollt ein Weib nehmen!« sagte er lachend.

»Auch das nicht; ich habe Familiensorgen ohne das.«

Da drohte der alte Kaufherr mir schelmisch mit dem Finger: »Ja, ja, ihr alten Kapitäne! Ihr habt Familiensorgen in aller Welt, an jedem Ankerplatz, John Riewe! Seid Ihr denn auch von denen? Das wußte ich noch nicht!«

»Daß ich selbst nicht wüßte, Herr«, sagte ich; »aber es ist ein Freundeserbe, und das hat auch sein Freud' und Leid.«

»So, so! Verzeihet! Aber kommt nun herunter, daß der Kaffee uns nicht kalt werde.«

So gingen wir denn zum Kaffee, und der alte Mann frug mich zum Schluß noch wacker aus und klopfte mir ein paarmal nickend auf die Schulter: »Kann ich helfen?«

»Dank, Herr; das mach ich schon allein.«

Am Abend – es war an einem Freitag – waren wir beide miteinander klipp und klar, und am anderen Morgen befand ich mich wieder auf dem Weg nach Hamburg. Damals gab's aber weder Chaussee noch Bahnzug; unser Wochenwagen, in dem wir wie die Heringe zwischen Ballen und Kisten verpackt waren, rumpelte auf dem verruchten Knüppeldamm, daß wir mitten auf dem Weg noch beide Stengen brachen; und so war's schon gegen zehn Uhr abends, da wir endlich in Hamburg einfuhren. Hundsmüde stieg ich sogleich die Treppe nach meinem Quartier hinauf, und im Augenblick kam auch das alte Riekchen hintennach. »Nun, seid Ihr es?« frug ich.

»Ja, Onkel John; Ihr seid wohl müde? Soll ich Euch was zu essen machen, oder eine heiße Tasse Tee, oder ein Glas Grog? Das nehmt Ihr heut wohl lieber?«

»Nein, nein, Alte; geht nur und grüßt die Anna, wenn sie noch die Augen auf hat! Ich muß schlafen.«

Die Alte murmelte etwas und ging; ich kroch in meinem Alkoven unter die Decke, hörte noch, wie es von Michaelis elf schlug und wie der Wind aufkam und zwischen die losen Dachpfannen fuhr; dann hörte ich nichts mehr. Wie lange ich geschlafen, weiß ich nicht, aber es mußte mitten in der Nacht sein – mir träumte, ich fahre auf einem kleinen Schmack durch die norwegischen Schären, und ein Windstoß schlägt das Fahrzeug gegen einen Felsblock – wie von einem Ruck fahr ich in die Höhe, und auf einmal fühl ich, ich liege in meinem Bett und will mich eben behaglich wieder in mein Deckbett wickeln, da ruckt unten vor der Haustür ein Wagen auf dem Steinpflaster, ein Kutscher klatscht mit der Peitsche und stößt einen Fluch über seine unruhigen Pferde aus; eine Art Getümmel ist dabei, als würde einer vom Wagen herabgehoben.

Da fiel's mir plötzlich ein: »Warum, als du heimkamst, war die Anna denn nicht da? Und die Alte, sie war um dich herum, als wollte sie das Mädchen dich vergessen machen; am Ende ist heut der Musterball!«

Ich war aus dem Bett gesprungen und lief ans Fenster. Aber die Unruhe hatte sich schon ins Haus verloren, und ich sah nur noch, wie ein großer Herr im Mantel in den Wagen sprang.

»Vorwärts, Kutscher!« rief er, und mit Gepolter rasselte das Gefährt davon.

Mit selbigem kam es auch schon die Treppe zu mir herauf, daß ich mir kaum die Notdurft über den Leib ziehen konnte, und wieder stand die Alte, aber mit einem wahren Jammergesichte, vor mir.

»Nun, Riekchen«, rief ich, »was ist denn das für eine Komödie?«

»Ach, Onkel John, scheltet nur nicht! Der Herr Baron hat sie selber vom Ball zurückgebracht; aber sie ist krank geworden beim Tanzen; ohnmächtig, ganz ohne Besinnung; ach, Onkel John, schier wie eine Leiche sieht sie aus! Die alte feine Frau, die mitkam, ist noch unten, aber sie weiß ja hier doch nicht Bescheid.«

»Da soll ich wohl den Doktor holen?« frug ich. »Ach, wenn Ihr wolltet, Onkel John?« »Hol der Teufel Euere Bälle und Barone!« rief ich; »aber geht nur hinunter zu dem armen Kind!« – Ich hatte mich schon völlig angekleidet, nahm meinen Hut und lief hinaus.

Bald war ich auch am Doktorhause und klingelte den alten Doktor Snittger aus den Federn, der nur eine Straße von uns wohnte und mir vor Jahren einmal das Marschfieber vertrieben hatte.

Er war sogleich auch diesmal bei der Hand und fertig. »Sorgt Euch nicht, Kapitän«, sagte er, als wir miteinander die Gasse wieder hinaufgingen; »ja, wenn's ein Mann wäre! Aber bei den jungen Frauenzimmern, da ist's meist erschreckender als schrecklich!«

Als wir ins Haus getreten waren, ging der Doktor unten zu den Frauen, ich in mein eigen Zimmer und wanderte, Gott weiß wie lange, auf und ab. Da endlich hör ich unten wieder die Stubentür knarren und das Riekchen auf dem Hausflur mit dem Doktor klönen. Als ich die Treppe hinabsteig, ruft er mir noch zu: »Alles in Ordnung, Kapitän; wir können schlafen gehn!« und somit ist er zur Haustür hinaus und das Riekchen zur Stubentür hinein und alles still und dunkel.

Also ich auch wieder hinauf in meine Kabine und schlafe bis in den Tag hinein. Da vernehm ich auf einmal aus meinem Alkoven, daß drinnen im Zimmer mein Kaffeegeschirr auf den Tisch gesetzt wird, und noch halb im Schlaf rief ich: »Bist du es, Anna?«

Ich fuhr ordentlich zusammen, als es von drinnen antwortete: »Ja, Ohm.« Aber es war, by Jove, ihre Stimme.

»Komm doch, mein Kind!« rief ich wieder, »und sag mir guten Morgen!«

Und als sie nun kam und die Alkoventüren zurückschlug, die ich wegen des Straßenlärmes meist geschlossen hatte – Herr, wie war ich erschrocken, da der Morgenschein auf das junge Gesicht fiel! – Zerstört, ja ganz zerstört schien es mir; ich suchte darin nach etwas, und ich wußte nicht wonach; die roten vollen Lippen schienen wie zum Spott daraus hervor.

»Guten Morgen, Ohm!« sagte sie kaum hörbar; aber ihre Hände zitterten, womit sie mir die volle Tasse reichte, daß ein Teil mir auf das Deckbett floß.

»Kind! Anna!« sagte ich und faßte ihre Hand; »wo bist du gewesen? Du hast ja arge Havarie erlitten!«

Sie antwortete nicht; sie zitterte nur noch stärker, und als ich in ihre sonst so fröhlichen Augen sehen wollte, schlug sie sie nieder oder wandte sie zur Seite.

»Anna; Anna!« sagte ich, »du gehst mir nimmer wieder auf diese Bälle!«

Da mußte ich nach der Tasse greifen; denn sie wollte die Hände über ihren Kopf erheben. »Nein, Ohm!« schrie sie, »nie – nie wieder!« Ihre schlanke Gestalt wollte sich aufrichten ; aber sie sank wie ohnmächtig an meinem Bett zusammen.

Ich hatte meine Hand auf ihren Kopf gelegt. »So ist es recht, mein Kind«, sagte ich; »nun gräme dich nur nicht; ich gehe mit dir, wohin du willst! Und wenn's erst Sommer ist, dann reisen wir zu meinem alten Ohm, der auf dem Lande wohnt! Da sind große stille Stuben und draußen Wald und grüne Wiesen!« By Jove! Ich hatte die Marder ganz vergessen!

Sie hatte meine Hände an ihre Stirn gepreßt und nickte ein paarmal leise, ohne aufzusehen; dann aber richtete sie sich empor. »Laß mich nun, mein Ohm«, sprach sie freundlich, »ich muß nach unten.«

Sie ging, und ich blieb, ohne meinen Kaffee anzurühren, noch lang auf meinem Bette; ich wußte in der Sache mich nicht zurechtzufinden.

Einige Zeit verging; das Aussehen des Mädchens wurde freilich besser; aber innerlich war das Kind verwandelt. Wenn sie sonst um Mittag so fröhlich unten an der Treppe rief: »Ohm! Ohm John! Serviert!« – du lieber Gott, wie trag und öde klang das jetzt! Mir war auch, als ob ihr Angesicht allmählich sich verändere; sie hatte sonst noch immer wie ein Kinderspiel um Mund und Wangen; das war wie weggeblasen.

Es ging mir arg im Kopf herum; von dem Herrn Baron war nicht der Zipfel seines Rockes mehr zu sehen, und als ich zu dem alten Riekchen davon sprach, erhielt ich zur Antwort, der Herr Baron habe auf seine Güter in Mecklenburg müssen und komme erst im Sommer wieder; das Mädchen aber, das daneben stand, wurde bei dieser Rede wie mit Blut übergossen und ging rasch zur Tür hinaus.

»Ei«, dacht ich, »liegt da der Has' im Pfeffer? Sind die Gedanken unsres Kindes noch immer bei dem konfiszierten Kerl?« Und es fraß ordentlich in mir.

– – Wieder waren ein paar Monate vergangen, als ich an einem Spätnachmittage im März, da schon das Dunkel in die Häuser kroch, von einem Geschäftsgange zurückkam. Als ich am Laden vorüber wollte, sah ich durch das Guckfenster, daß dort die Lampe noch nicht brannte; aber, da ich stillstand, hörte ich drinnen jemand weinen. »Mußt einmal revidieren!« sagte ich zu mir und ging hinein. Da fand ich die Anna in einer Ecke auf dem Ladentritt, mit beiden Händen vor den Augen. »Bist du es, Anna?« frug ich. »Wo ist deine Mutter?«

»Ausgegangen«, erwiderte sie leise.

»Aber du mußt ja die Lampe anzünden!«

Sie stand langsam auf, und als die Lampe brannte, sah ich dicke Tränen über ihre Wangen rinnen.

»Bist du krank, Anna? Oder fehlt es dir sonst?« frug ich, während sie sich abwandte und die Fenstervorhänge herabließ.

Sie schüttelte nur den Kopf.

»Aber was ist denn? Warum weinst du?«

»Ich weiß nicht, Ohm; es kommt nur manchmal so.«

Da ergriff ich sie bei beiden Händen: »Du sollst mir standhalten, Kind! Nicht wahr, du härmst dich nach deinem Tänzer, nach dem Baron, der jetzt auf seinen Gütern ist?«

»Nein, nein, Ohm!« rief sie heftig.

»Nun, was ist's denn? Kannst du's deinem alten Ohm nicht sagen? Wir wollen sehen, daß wir Hülfe schaffen!«

Aber ich sah nur, daß ihr die Tränen reichlicher aus den Augen rannen: »Ich kann nicht!« Und sie stammelte das nur so. »O, lieber Gott! die Angst! die Angst!« schrie sie dann wieder.

»Aber so sag dir's doch vom Herzen! Kind, wirf den Ballast über Bord! Oder, wenn nicht mir, so sag es deiner Mutter!«

Sie starrte mit ihren schmucken Augen vor sich hin, als ob sie in ein schwarzes Wasser sähe, und sagte rauh: »Nein, nicht der, nicht meiner Mutter.«

»Versündige dich nicht«, sprach ich; »du hast ja nur uns beide auf der Welt!«

Da warf sie sich auf die Knie und schrie: »Mein Vater, o mein guter Vater! Ich will zu dir!«

Und ich kniete neben ihr und wußte mir nicht zu helfen; denn, Nachbar, die Frauenzimmer haben nicht den Verstand, daß man ihnen damit beikommen könnte. Zum Glück klingelte jetzt die Haustür, und ihre Mutter mit einem Korb voll Brot und Kohl und Rüben trat herein; und so ließ ich die beiden und ging nach dem Römischen Kaiserhof und dort unten in das Gastzimmer. Aber mein Glas schmeckte mir nicht, denn immer sah ich das arme Kindergesicht in seiner Angst und Not.

– – Sie hatte sich denn endlich doch der Mutter kundgetan; aber, Herr Nachbar, helfen konnten wir nicht; nur, wir wußten es denn nun – ein vaterlos Kind sollte geboren werden, von ihr, die ja fast selber noch ein Kind war.

Herr du meines Lebens! Wie wurde die alte Tugendkreatur lebendig! Wie hat sie geschrien! Den Mund hab ich ihr verhalten müssen, daß nur die ganze Gasse nicht zusammenlief: sie wollte den Baron verklagen, von seinem Gelde wollte sie nichts; aber heiraten sollte er ihre Tochter, noch Frau Baronin sollte sie werden! Ja, das sollte sie!

»Ja«, sagte ich, »Baronin! Aber wenn's nun ein Posamentiergeselle oder ein Balbierer gewesen ist!«

Da schrie sie noch schlimmer. Und freilich, später erfuhren wir wohl, es war richtig so ein feiner Maat, ein Wasserschößling aus großer Familie gewesen, von denen, die von Schulden leben und deren Geschäft ist, anderer Leute Kinder zu verderben. Der Herrgott weiß, wo er geblieben ist; von seinen Gütern ist er nicht zurückgekommen.

Die Anna aber wurde immer stiller. Wenn die Mutter da war, besorgte diese den Laden, und sie saß im Hinterstübchen und nähte sich die Augen rot; war die Mutter aus dem Hause, so bediente das arme Kind die Käufer demütig und wie eine Sünderin, sprach nur, was nötig war, und ihre jungen Augen, die sonst so lustig in die Welt sahen, waren fast allezeit zu Boden geschlagen.

Nur, wenn je zuweilen abends die Mutter auswärts war, kam sie die Treppe zu mir heraufgeschlichen. Dann pochte sie leise an die Tür: »Darf ich ein wenig bei dir sitzen, Ohm? Es ist so einsam unten.«

Und ich rückte ihr einen Stuhl zum Tisch; ich selber las die Zeitung oder schrieb, wenn so was vorlag. Gesprochen aber wurde nicht viel; von dem, der ihre Jugend gebrochen hatte, hat sie nie ein Wort geredet; dagegen waren ihre Gedanken oft bei einem Toten. So sagte sie einmal und hielt ihre Nadel müßig in der Hand: »Ohm, ich war doch schon sechs Jahre, als mein Vater starb; aber wenn ich an ihn denken will, ich kann mir sein Gesicht nicht mehr vorstellen – das ist doch wohl keine Sünde.«

»Nein, Kind«, erwiderte ich, »warum sollte das eine Sünde sein?«

»Ja, er hat mich doch so lieb gehabt; das fühl ich wohl noch immer; aber sein Gesicht, das kann ich nicht mehr sehen!«

Es tat mir weh, Nachbar, als das arme Kind so sprach, ich weiß nicht mehr weshalb; ihr Vater konnte auch sein schmukkes Gesicht nicht mehr gehabt haben, als er verunglückte. Da fiel mir ein, ich bewahrte ja noch ein paar Briefschaften von ihm aus seiner besten Zeit, aus Rio einen, den anderen aus Hongkong, die waren so hell und jung geschrieben, als stünde er im Maiensonnenschein am Steuerrad und der Südwind wehte durch seine dunklen Locken. Die holte ich aus meiner Schatulle und legte sie vor ihr hin: »Da, Anna, hast du deinen Vater; es war, by Jove, derzeit ein herrlicher Junge!«

Ein heißes Rot flog über das blasse Gesicht, und ihre Augen strahlten für einen Augenblick. »Darf ich sie lesen?« rief sie, und da ich nickte: »Darf ich sie auch mit mir nach unten nehmen?«

»Gern«, sagte ich, »wenn du sie hier nicht lesen willst.«

Sie schüttelte den Kopf und sah mich mit ihren düsteren Augen bittend an; das hätte einen Stein erbarmen können. »So geh!« sagte ich.

Da nahm sie die Briefe, raffte ihr Nähzeug zusammen, und ich hörte, wie sie draußen die Treppe hinabflog. Ich hörte die Stubentür im Unterhause öffnen und schließen; sie war wohl dort nicht mehr allein nun; denn die Toten – wer kann's wissen, wenn eine Kinderstimme so ins Grab hinunterschreit.

– – Es gingen wohl acht Tage hin, daß sie nicht zu mir kam; dann pochte eines Abends wieder ihre kleine Hand an meine Stubentür: »Darf ich hineinkommen, Ohm?«

»Gewiß, mein Kind.«

Dann schritt sie leise herein. »Da sind die Briefe wieder«, sagte sie beklommen; »ich danke dir tausendmal.«

»Willst du sie nicht behalten?« frug ich.

»Darf ich?« rief sie und bückte sich über mich und küßte mich und drückte krampfhaft meine Hände.

»Gewiß, mein liebes Kind; aber setz dich nun und bleib ein wenig!«

»Ja, Ohm; ich will nur meine Arbeit holen!« Und dann ging sie mit den Briefen aus der Tür; aber bald war sie zurück und setzte sich mit ihrer Näherei an meine Seite; du lieber Gott, ich sah wohl, daß es kleine Kinderjäckchen waren. Wir sprachen erst nicht; ich sah auf ihr liebes vergrämtes Angesicht, und sie saß wie grübelnd; aber ihre fleißigen Finger rührten sich dabei, als gehöreten sie nicht zu ihr.

»Ohm«, sagte sie endlich und atmete stark dazwischen, »hat mein Vater einen gewaltsamen Tod gehabt?«

»Ja, Kind; er ist ertrunken, hier in Hamburg, in einem von den Fleten; weißt du das denn nicht?«

Sie schüttelte den Kopf: »Nicht recht; Mutter spricht ja nicht davon. Ohm, sag mir: tat er das mit Willen?«

»Mit Willen, Anna? Was redst du denn! Er kam spät nachts nach Hause; an der Brücke, wo er vorüber mußte, ward gebaut, und mit den Laternen war es noch nicht wie heutzutage; da ist er fehlgetreten und verunglückt.«

Sie schwieg, aber ich sah, wie ihre Brust sich vor innerer Aufregung hob und wie sie heftiger ihre Nadel führte. »Ohm«, hub sie wieder an und ließ nun ihre Hände ruhn, »hat mein Vater auch von dem Schrecklichen getrunken, was du immer abends trinkst und – wo ich auch davon getrunken habe?«

Ich erschrak, aber ich antwortete scheinbar ruhig: »Das ist nicht schrecklich, Anna; das hat ja der Herrgott uns Seeleuten so recht zum Labsal gegeben! Hast du danach bei mir was Schreckliches gesehen?«

»Bei dir nicht, Ohm« – und sie sah mich mit ganz großen Augen an; »aber alle dürfen das nicht trinken: es bringt uns um den Verstand; die Bösen haben dann Gewalt über uns.«

»Ja, Anna«, sagte ich, »das hat der Herrgott in der Welt so eingerichtet; wohl tut's mit Maßen und weh im Übermaß; mein alter Hochbootsmann hatte sich in starkem Kaffee den Säuferwahnsinn auf den Hals getrunken: Kapitän‹, sagte er, als er den Atem wieder oben hatte; ›ich bin der nüchternste Mensch, von Euerem gebrannten Zeuge habe ich fast nimmer noch ein Glas getrunken, aber Kaffee, das ist ja ein Getränk für Kinder!‹ – Und ich erzählte weiter und sprach wie ein Prediger; aber nur aus Angst und um der Anna ihre bösen Fragen aus dem Kopf zu schaffen. Da läutete zum Glück die Haustürglocke, und sie mußte in den Laden.

Als sie wiederkam, war davon nicht mehr die Rede, und so hatte ich ihr heilig Vaterbild nicht zu beschmutzen brauchen.

Und endlich kam die Nacht, in der das Kind geboren wurde; ein Knabe, derselbe, der jetzt oben hier im Hause schläft. Es ist die einzige Geburt gewesen, der ich in meinem Leben so nahe beigewohnt; aber Freude war nicht dabei. Anna freilich war gesund geblieben, nur nähren konnte sie ihr Kind nicht selber. Wenn man es ihr aufs Deckbett brachte, sah sie es jammervoll aus ihren dunklen Augen an, aber sie gab es kopfschüttelnd wieder fort, und ich sah nicht, daß sie es küßte oder nur sich zärtlich zu ihm niederbeugte. Sie lag in dem Wohnstübchen, und ihre Mutter ging seufzend aus und ein und mühte sich, das arme Kind aus einer Flasche trinken zu lehren; des Nachts nahm sie die Wiege mit in ihre Schlafkammer, welche, Sie wissen es ja, hinter dem Stübchen lag und durch eine Tür damit verbunden war.

Es mag am siebenten oder achten Tag gewesen sein, daß ich wieder abends mein Glas in der Gaststube des Kaiserhofes trank. Sie wissen, die Gelehrten müssen ja allzeit was Neues aushecken, und damals hatten sie es mit der Vererbung vor – es war just ein solcher Artikel, den ich an diesem Abend im »Korrespondenten« las, und ich muß sagen, obschon es mir Phantastereien schienen, ich vertiefte mich immer mehr darin, konnte nicht davon los. »Dummes Zeug!« rief ich endlich laut, als es mir doch gar zu bunt wurde.

»Mein Gott, capitano!« hörte ich eine Stimme mir gegenüber; »Sie lesen ja heute über alle Maßen; was haben Sie denn da?«

Als ich aufblickte, saß der alte Doktor Snittger vor mir und nickte mir lachend zu.

»Ja freilich, Doktor«, sagte ich, »verrücktes Zeug, was der ›Korrespondent‹ uns heute auftischt!«

»Hab's noch nicht gelesen«, sagte der Alte; »sind zu viel Lungenfieber in der Stadt jetzt.«

»Auch vererbte?« frug ich.

»Wie meinen Sie?«

»Lesen Sie es selbst«, sagte ich und reichte ihm das Blatt, »hier steht's: alles ist vererblich jetzt: Gesundheit und Krankheit, Tugend und Laster; und wenn einer der Sohn eines alten Diebes ist und stiehlt nun selber, so soll er dafür nur halb so lange ins Loch als andere ehrliche Spitzbuben, die es aber nicht von Vaters wegen sind!«

»Ja, so«, sagte der alte Herr, nachdem er einen Blick in die Zeitung geworfen hatte; »es sollte wohl so sein, aber so ist es bis jetzt noch nicht.«

Ich sah ihn an: »Ist das Ihr Ernst, Herr Doktor?«

»Ei freilich, Kapitän; den mitschuldigen Vorfahren müßte gerechterweise doch wenigstens ein Teil der Schuld zugerechnet werden, wenn auch die Strafe an ihnen nicht mehr vollziehbar oder schon vollzogen ist. Wissen Sie nicht, daß selten ein Trinker entsteht, ohne daß die Väter auch dazu gehörten? Diese Neigung ist vor allem erblich.«

Ich wollte reden; aber er fuhr fort: »Ja, ja, ich weiß wohl, die Erziehung der Jugend, wenn sie mit ausdauernder Sorgfalt die Reizung dieses entsetzlichen Keimes zu verhindern weiß, kann bei dem einzelnen das Unheil vielleicht niederhalten; ber darin wird nur zu arg gesündigt. Die hübsche Anna in Ihrem Hause, das arme Mädchen, das jetzt mit einem Kinde liegt, sie hatte ja wohl nicht den Fehler ihres unglücklichen Vaters, wie das bei Frauen denn auch seltener ist; aber doch – was meinen Sie, das ihr fehlte vor nun dreiviertel Jahr, in jener Nacht, da Sie mich aus dem besten Schlaf aufklopften? – Ich will es Ihnen sagen, Kapitän – das schöne Mädchen war in jener Nacht sinnlos betrunken! – Wer weiß, ob nicht ihr Unglück . . .«

Aber ich hörte schon nicht mehr, was der Doktor sprach, denn in mir redete es mit hundert Stimmen durcheinander; aber eine darunter war die stärkste: »Deine Schuld, deine Schuld!« rief sie stets dazwischen. Und das war Rick Geyers' Stimme, die ich gleich erkannte; und bald sah ich ihn vor mir in seiner schönen Jugendflottheit, die Bänder an seinem blanken Hute flatterten im Winde; bald aber mit dem gedunsenen Gesicht und den schweren Augen, die mich zornig ansahen. Dann wieder sah ich die Anna, das zehnjährige begehrliche Ding, wie sie voll Abscheu den heißen Trunk von sich sprudelte, zu dem ich so unbesonnen sie genötigt hatte; dann wieder, wie sie später mein halbes Glas mir vor der Nase wegschluckte. »Deine Schuld! deine Schuld!« schrie die eine Stimme wieder. Ich sprang von meinem Stuhle auf; »Ja, ja!« rief ich; »aber ich will . . .« Ich besann mich; ich hatte das fast laut geschrien. Zum Glück war eben jetzt nur der verständige Doktor allein mit mir im Saale; seine Hand lag auf meinem Arm: »Was wollen Sie, Kapitän?« frug er ruhig.

Ich setzte mich wieder. »Helfen will ich«, sagte ich, »soweit eines ehrlichen Menschen Kraft nur reichen kann!«

»Das tun Sie! Ich habe ja den Vater auch gekannt – daß nur nicht zwei solcher Menschenkinder hier zugrunde gehen! Und wenn Sie meiner dazu bedürfen, wir sind ja Nachbarn!«

Ich drückte ihm kräftig seine gute Hand: »Good bye, Doktor; ich werd es nicht vergessen.« Dann stand ich auf und ging. Den Kopf voll guter Werke trabte ich über die Straße; ich begann in Gedanken schon an meinem Testament zu arbeiten.

Als ich zu Anna in die Stube trat, lag sie mit weit gestreckten Armen und sah starr auf die ineinandergeschlungenen Hände und das leise Bewegen ihrer Finger, als sei der Lebensknoten dort zu lösen; wie es Menschen machen, die ihren Kurs nicht mehr zu steuern wissen. Ich setzte mich zu ihr auf die Bettkante. »Anna«, sagte ich, »du siehst so traurig aus; was machst du denn da?«

Sie blickte langsam zu mir auf: »Jetzt?« frug sie, und als ich nickte: »Jetzt denke ich nur.«

»Woran denn denkst du?«

»An meinen Vater, Ohm.«

»Nicht an dein Kind?«

»Mein Vater – das ist sanfter. – Ohm, bitte«, sagte sie dann, löste die Hände auseinander und wies nach der Schatulle am Fenster, in deren Klappe ein Schlüssel steckte; »ich habe ja noch die Briefe, ich darf sie auch wohl noch behalten; die oberste Schublade! Wenn du so gut sein willst, so gib sie mir!«

Ich reichte ihr die Briefe, und sie packte sie unter ihr Kissen und legte sich dann zur Seite und mit der Wange darauf. »Ohm«, sagte sie, »wie kommt das, ich sehe jetzt wieder ganz deutlich sein Gesicht. – Vielleicht – er war so gut, er hat wohl Mitleid . . .« Sie warf sich unruhig im Bett empor: »Ach Ohm, ich darf nicht denken, nicht eine Spanne weit! Aber heute nacht, da hört ich seine Stimme, so sanft, als wollte sie mich an sich ziehen; du kannst dir das nicht denken! Nur als ich zu ihm wollte, war er fort, und es rauschte über mir, als wenn ich in ein Meer versänke. Und dann hörte ich das Kind weinen, und meine Mutter fing an zu singen.«

»Das waren deine Träume, Anna«, sagte ich.

»Ja, vielleicht, Ohm; aber« – und sie sprach das fast unhörbar – »ich wär so gern bei meinem Vater!«

»Denk lieber an dein Kind«, sagte ich, »und laß Rick Geyers schlafen.«

Sie starrte mich geheimnisvoll an: »Das Kind, das ist eine Sünde«, sagte sie, »und darum ist mir auch die Brust für ihn vertrocknet.«

»Ei, dummes Zeug! Sieh ihn nur mutig an. Der Junge ist wie jeder andere unsres Herrgotts Kind! Laß ihn erst ein paar Jahr älter werden; ich will dir helfen, Anna; wir wollen was Tüchtiges aus ihm machen, einen flotten Steuermann, einen Kapitän! Und wenn er dann mit seinem Vollschiff von der ersten großen Reise heimkommt, wir beide stehn am Hafen; er schwenkt den Hut – die Ankerkette rasselt – hurra für Kapitän ... – ja, Kind, wie sollen wir ihn denn taufen? Ich denke doch wohl: Rick? Was meinst du zu Rick Geyers?«

Ein Seufzer unterbrach mich: »Ja, Ohm, und seine Mutter steht dann da und ist ein altes Mädchen!«

»Deine Schuld! deine Schuld!« schrie es wieder in mir, so laut und schaurig wie aus einem Nebelhorn; man hört's und weiß in der grauen Finsternis nicht, woher es kommt. Da fuhr's in meiner Not mir durch den Kopf, ich sagte: »Anna, ich weiß, ich bin nichts als dein alter Ohm, schon über sechzig, und morgen mach ich mein Testament; was ich habe – es ist ein anständig Bürgerteil – kommt dir und deinem Jungen zu; und willst du die paar Jahre noch meine Frau heißen – denn es bleibt trotzdem beim alten, Anna – aber ein altes Mädchen brauchst du nicht zu werden!«

Ich weiß nicht, Nachbar, es war vielleicht was ungeschlacht; ich wußte mir nur anders nicht zu helfen; es ist ja nun auch einerlei.

Aber Anna hatte sich strack emporgerichtet. »Nein!« schrie sie, »nein, das will ich nicht! Du bist so ehrenhaft und brav! Ach, Ohm«, – und ich sah, wie sie in sich zusammenschauderte – du weißt es doch – die Schande ist so ansteckend!« Sie hatte krampfhaft meine Hand ergriffen und geküßt.

»Anna«, sagte ich, »ich kann dich hiezu nicht drängen; aber Schande ist nur unter den Menschen und verweht in einem guten Leben. Denk an dein Kind, und daß ich nichts für mich will!«

–»Nein, Ohm, nie – nie!« Ihre Augen bewegten sich zitternd, sie hatte die Arme ausgestreckt und rang die schmalen Hände umeinander. »Aber – das andere, was du sagtest«, begann sie schüchtern wieder, »mein Kind, es wird zu leiden haben um seiner Mutter willen. Hilf ihm, Ohm! Kannst du es wirklich mir versprechen, mein Kind niemals, auch bei deinem Tode nicht zu vergessen?« Die großen Augen waren angstvoll auf mich gerichtet.

Da legte ich meine Hand auf ihr armes junges Haupt: »Niemals, Anna«, sagte ich, »sonst vergesse mich unser Herrgott in der letzten Stunde! Schon morgen soll dein Sohn mein Erbe sein.«

Wie mit einem Seufzer der Erlösung sank sie zurück in ihre Kissen: »Ich danke dir, mein geliebter Ohm! Und nun geh! Nun möcht ich schlafen!«

Ich stand noch eine kurze Weile und blickte auf ihr jetzt so blasses Angesicht, in welchem die Augen schon geschlossen waren. »Gute Nacht, liebe Anna!« sagte ich und küßte ihr die Stirn.

Sie schlug noch einmal ihre Augen zu mir auf und bewegte leis das Haupt; dann ging ich.

Als ich auf den Hausflur trat, geleitete die Mutter eben einen späten Käufer an die Tür. »Gute Nacht, Frau Geyers!« sagte ich und stieg hinauf nach meiner Stube.

Ich hörte die Haustür schließen, dann noch von nah und fern die Glocken aller Türme durcheinanderschlagen; innen und außen wurde es allmählich ruhig, und ich schlief; wie lange, weiß ich nicht. Aber mich weckte etwas; ich mußte erst völlig wach werden, bevor ich's fassen konnte; der erste Dämmerschein fiel eben in die Stube. Endlich glaubte ich es zu wissen: die Kette vor unserer Haustür mußte herabgeglitten sein; aber wie? – Sie wurde jeden Abend über eine hohe Klammer aufgehakt. Ich lag noch und grübelte darüber; sogar an Diebstahl und Einbruch streiften die Gedanken; da drang noch ein zweites Geräusch vom Flur herauf: es klirrte; aber es war ein leiser Klang dabei, als käme er von einer Glocke.

Rasch war ich aus dem Bett gestiegen und kleidete mich völlig an; dann nahm ich meinen Revolver aus der Schatulle und stieg leise in den Flur hinab. Es war nichts zu sehen; nichts rührte sich; aber als ich an die Haustür ging, fand ich sie unverschlossen; bei dem Oberlichte, das darüber war, sah ich die Glocke mit einem Tuch bedeckt, und an der einen Seite hing die Kette los herunter.

Noch immer war Totenstille; auch das Kind schien zu schlafen. Ich faßte die Ladentür: sie war verschlossen; aber als ich mich dann wandte – die Tür der Wohnstube war nur angelehnt, und ich öffnete sie noch etwas weiter, so daß ich Annas Lager übersehen konnte. Die Nachtlampe knisterte nur noch, aber es drang schon Morgenhelle herein; das Bett war leer, die necke hing halb herausgerissen über die Kante; aus der Kammer nebenan hörte ich das Riekchen schnarchen.

Und im selben Augenblick, Herr Nachbar, wußte ich alles, alles! Wie ein Krach war es durch meine alten Knochen hingefahren; barhäuptig, wie ich war, den Revolver in der Hand, lief ich aus dem Hause, aus einer Straße in die andere; mir war, als ob ich fortgetrieben würde; und endlich, da lag die Brücke und das Flet vor mir, wo einst mein armer Rick sein bißchen Leben eingebüßt hatte.

Das trübe Wasser zog langsam nach Osten unter der Brücke durch, und der erste Dunst des Morgenrots schillerte wie Blut darauf; die Rückseiten der hohen Speicher standen rechts und links in halbem

Schatten; es war ein eiskalter Frühmorgen; nur ein paar Brotträger sah ich an mir vorbeipassieren.

Aber dort auf der Brücke stand schon eine Vierländerin, ein blutjunges Ding; sie hatte bei einem ihrer ersten Gänge in die Stadt wohl nichts versäumen wollen. Ich ging näher, ohne daß sie mich bemerkte; denn sie streckte ihr Köpfchen mit dem runden Strohhut weit über das Geländer und sah nur immer in das Wasser; am Arm hing ihr ein Korb, wie ihn solche Mädchen tragen, der von Maililien ganz gefüllt war. »Was macht das Kind?« frug ich mich eben; da langte sie zurück in ihren Korb und warf einen der Sträuße in das Wasser. Betroffen war ich stehngeblieben. »Hier ist es!« sprach etwas in mir; und ich sah noch, wie die kleine Hand ein zweites und ein drittes Mal in den Korb faßte, und jedesmal fiel eine Hand voll Frühlingsblumen in die Tiefe. Ich fuhr mir durch das Haar und steckte den Revolver, den ich gedankenlos noch in der Hand trug, in die Tasche; als ich dann aber zu ihr trat, da sah ich, daß zu den Blumen auch dicke Tränen aus den Kinderaugen fielen. »Erschrick nicht!« sagte ich; »aber wem streust du da denn Blumen?«

Als sie mich so plötzlich sah, hub sie dennoch laut zu schreien an: »Hülfe! Hülfe! O, die schöne blasse Frau; sie nickkoppte mir noch so traurig zu!«

»Was sagst du?« rief ich, »sprich, Kind! Liegt sie da unten?«

Das Mädchen nickte heftig, und die Tränen stürzten ihr reichlicher aus den Augen.

Ich lugte von der Brücke nach Osten aus, wohin das Wasser zog. Da, am Backbord eines Ewers, der hinter einem Speicher lag, sah ich etwas schimmern; der erste Morgenstrahl hob es eben aus dem Dunkel; aber das meiste war unter dem Wasser.«

Der Kapitän hielt inne und trank den Rest aus seinem Glase, indem er meine Hand faßte. »Wir wollen es kurz machen, Nachbar«, sagte er; »sie war es, ihr Nachtkleid hatte sich dort verfangen und den Körper aufgehalten, damit er bald zur Ruhe komme. Es waren jetzt auch Leute herzugelaufen; wir haben sie in ein Haus getragen, einen Doktor geholt und alle Versuche angestellt, aber die junge Seele war zum armen Rick gegangen, und ich will hoffen, daß ihnen beiden Gott verziehen hat.«

Er schwieg eine Weile; dann begann er wieder: »Als ich über die Brücke zurückging, stand die Kleine noch immer dort; nur daß sie aus ihrem runden Gesichtlein jetzt nach der Seite auf das Flet sah, wo wir vorhin unser liebes Kind herausgehoben hatten, wo aber jetzt nur noch der träge Zug des Wassers floß. Sie ließ sich ruhig bei der Hand fassen, als ich ihr sagte: ›Komm mit mir; ich will dir alle deine Blumen abkaufen; die sollen mit der toten Frau in ihren Sarg!‹

So gingen wir, und als wir in unser Haus kamen, wo alles noch zu schlafen schien, nahm ich sie mit in meine Stube und gab ihr zu essen und zu trinken; eine Rauchwurst und ein Stückchen Brot waren noch im Schrank und auch ein Schlückchen süßen Weines; denn mir war, ich müsse zuerst das verklommene Kind erquicken. Dann stieg ich hinab und ging in die Wohnstube, wo alles noch lag, wie ich es vorher verlassen hatte; aber durch die offene Kammertür sah ich das Riekchen jetzt in ihrem Bette sitzen, aufrecht und geschäftig: sie wickelte das Kind und sang dazu ihr »Eiapopeia«.

»Das ist recht, Frau Geyers«, sagte ich; »aber Ihr könnt jetzt alle Eure Tugend brauchen!«

Sie fuhr ein wenig zusammen, denn sie hatte meinen Eintritt nicht bemerkt. »Ja, Ohm Riew'«, sagte sie, »wenn wir unsere Sündenschuld abziehen, so müssen wir mit dem Rest schon fertig werden.« Und das Weib, by Jove, Herr Nachbar, sah mich an wie ein Engel der Geduld; und mit der Trauer in meinem Herzen, die ich noch auf sie abladen sollte, ich hätt ihr alles abbitten mögen, was ich sonst über sie geredet und gelacht hatte.

Als ich meine Todesbotschaft ihr verkündete, legte sie das Kind mit zitternden Händen in die Wiege, die vor ihrem Bette stand. »Gott steh mir armem schwachen Menschen bei!« Das War alles, was sie sagte; und als sie Anstalt machte, aus dem Bett aufzustehen, ließ ich sie allein und ging auf mein Zimmer, wo ich die Vierländerin schier vergessen hatte.

Da stand sie mit ihrem leeren Korbe und ihrem Rundhut mitten auf der Diele; die Maililien aber hatte sie alle in meine große Waschschale geordnet und auf den Tisch gestellt. »Bist du schon fertig?« frug ich.

»Ja, Herr; und ich dank auch.«

Und als ich ihr zwei Taler auf die Hand legte, lachte das ganze runde Gesichtlein.

»Wie heißt du?« frug ich noch; denn mir war, als dürfte ich das Kind nicht lassen, als trüge sie das letzte Lebewohl von Anna mit sich fort.

»Trienke!« sagte sie fröhlich.

»Und wo hast du denn deinen Stand?«

»Am Jungfernstieg; Neuen Walls Ecke.«

Und damit nickte sie und ging; aus dem Fenster sah ich noch, wie mutig sie in das Leben hinauslief.

Ich habe später noch manchen Strauß von ihr gekauft, und Trienke suchte immer das Schönste für mich aus, rote Nelken und Rosen, da es Sommer wurde, im Herbste weiße und violette Astern; sie wußte wohl, für welches Grab ich mir die Blumen kaufte.

– – Schon am anderen Tage aber lag unsere schöne Anna weiß und kalt in ihrem Sarge, da, wo sie gestern noch im warmen Bett geschlafen hatte, und um sie war alle Sorge aus. Die Mutter hatte das feuchte und verwirrte Haarwerk ihr getrocknet, und die langen dunklen Flechten lagen auf den feinen Linnen, worin wir sie gehüllt hatten; schon als sie noch Kind war, konnte die Wäsche ihr immer nicht fein und sauber genug sein; das Beste aus dem Laden hatten wir ihr gegeben. So lag sie denn noch einmal in full dress, Maiglöckchen um ihr schönes stilles Angesicht und in ihren blassen Händen. In der Nacht habe ich die Wache bei ihr gehalten; ich hatte ihre Hand gefaßt, bis mir die Todeskälte in den Arm hinaufstieg, aber sie drückte meine Hand nicht mehr; die geschlossenen Augen, auf die ich lange Stunden sah, sie hatten sich rasch am Leben satt getrunken.«

Der Kapitän schwieg, langte nach seinem halbvollen Glase und trank es in einem Zuge aus. »Es ist kalt geworden, Nachbar«, sagte er, »und meine Geschichte ist aus. Wir wollen noch eins brauen und von anderen Dingen reden!«

»Aber Ihr wolltet mir noch sagen –«

»Was denn? – Nun ja, seit jener Nacht trinke ich mein Glas nur noch, wie wir es heute abend tun; und – ja, mein alter Ohm, zu dem ich damals mit der Anna wollte, der starb, ich war sein Erbe, und da die Anna nicht mehr zu haben war, so zog ich, nachdem wir die Hamburger Baracke verkauft hatten, mit ihrem Jungen und der Alten hier hinaus, baute aber für das alte Haus, das nicht mehr stehen konnte, erst ein neues. Die Großmutter, Sie wissen es, die haben wir neulich hier zur Ruh gebracht; was aber aus dem jungen Rick Geyers noch werden soll – –«

»Nun, Kapitän, das beraten wir noch mitsammen! Euer Testament ist hoffentlich in Ordnung?«

»Mit allen Klammern der Gesetze.«

Ich nickte. »Aber es ist spät; wir wollen heute nicht mehr trinken! Gute Nacht, Kapitän; das müßte doch mit allen Teufeln zugehen, wenn zwei Kerle wie wir nicht einen solchen Bengel nach unserm Kompaß steuern könnten!«

Ein dankbarer Händedruck des Alten; dann war ich auf dem Heimweg.

Seit dem hier Erzählten sind fast zehn Jahre vergangen, und es ist wieder einmal Herbst; aber erst im Anfang des September, und die Laubhölzer lassen nur noch hie und da ein gelbes Blatt zur Erde fallen.

Mein alter Kapitän Riewe ist noch ein munterer Greis, noch jetzt ein musterhafter Gärtner: in seinem Obstviertel stehen fast lauter junge Bäume; manches Pfropfreis haben wir getauscht und mancher trefflichen, fast vergessenen Art aus alten Gärten in den unseren zu neuem Glanz verholfen; Périnette und Grand Richard, Beurré blanc und Winterbergamotte stehen in unseren Gärten jetzt, und schon seit Jahren, mit Frucht beladen ; aber bei dem Alten glänzen Stamm und Zweige wie die Rinde einer Silberweide: bei ihm muß alles sauber sein wie auf einem Schiffsdeck. Er lebt allein mit einer freundlichen und verständigen Haushälterin; aber an Sommernachmittagen, zumal des Sonntags, kommt er gern zur Kaffeestunde auf unsere Terrasse, und es stört ihn auch nicht, wenn der Südost dort einmal durch seine weißen Haare fährt. »Ich danke, Madame, den haben wir einstmals anders kennen lernen«, sagt er mit seiner gütigen Höflichkeit, wenn meine Frau eine Besorgnis um ihn kundgibt. – Nach dem Kaffee spazieren wir in unserem Garten und besehen die Fruchtbäume oder reden über unsere Nelken und Levkojen; denn darin sucht der eine dem anderen es zuvorzutun, und die Sache ist nicht ohne Eifersucht.

Wenn die Dämmerung anbricht, begleite ich ihn nach Hause, und dann reden wir von Rick – nur von Rick; denn von diesem ist das Herz ihm doch am vollsten; aber es ist auch eine Freude, über Rick zu sprechen.

Abends ist der Kapitän zu Hause und allein, außer wenn ich einmal ein Stündchen bei ihm sitze, wo mir mein Glas Madeira-Grog niemals entgeht. Sonst liest er dann seine Zeitung, den »Hamburger Korrespondenten«; am aufmerksamsten und mit seinem Herzen die Schiffsnachrichten; denn er segelt mit jedem Schiffe, und auf einem von den allen fährt sein Rick.

Wir hatten Glück mit dem Jungen damals, der Alte und ich: der tüchtige Sohn unseres Küsters hatte eben sein Examen auf dem Seminar bestanden, da fingen wir ihn ein, und für zwei Jahre wurde er der Lehrer Ricks. Es traf sich, daß bei beiden die angeborene Befähigung, man könnte sagen, eine wissenschaftliche Leidenschaft für die Mathematik vorhanden war. Das verband die beiderseits noch so jugendlichen Herzen, und auch in anderem mochte nun der lernfähige Schüler nicht zurückstehen. In freien Stunden streiften sie botanisierend durch Wald und Feld oder übten an den Stangen und Turnricken, die der Kapitän hinter seinem Hause aufschlagen ließ, die Gewandtheit ihrer Glieder; so wurden sie auch Freunde, und wenn jetzt Rick nach Hause kommt, der in unserem Dorfe angestellte junge Lehrer Fritz Oye ist seine erste Frage.

Zwei Jahre war er noch auswärts auf einer Schule gewesen; dann ließ der Alte ihn konfirmieren und brachte ihn nach Hamburg auf cin gutcs Schiff. Vor zehn Monaten wurde er Steuermann auf der »Alten Liebe«, die noch immer für die Lübecker Firma in See geht. Freilich, der alte Reeder meines Freundes ist nicht mehr; ein junger Vetter desselben ist jetzt Herr des Geschäftes und des alten Hauses.

Nur eines habe ich noch zu sagen: eben, vor einer Stunde nur, öffnete sich meine Stubentür, und unser Freund, der Kapitän John Riew', trat zitternd und bleich zu mir herein; er legte seinen Hut auf einen Stuhl und wischte sich den Schweiß aus seinen weißen Haaren.

»Was ist, Kapitän?« rief ich erschrocken. »Ihr seht ja ganz verteufelt aus!«

Aber er ergriff meine beiden Hände und schüttelte den Kopf: »Vor Freude, Nachbar, nur vor Freude! God bless you, Sir! Der Junge ist Kapitän!«

»Alle Wetter!« rief ich, »das geht ja wie der Wind!«

»Ja, ja; hier steht's!« und er riß ein Telegramm aus der Tasche und hielt es mir triumphierend vor die Augen. »Sein Vorgänger starb drüben in Rio Janeiro am gelben Fieber, und nun ist er's und soll's auch bleiben – Kapitän der ›Alten Liebe‹! By Jove! Der junge Lübecker weiß sich seine Leute auszusuchen! – Aber – warum ich komme, Nachbar! – Sie fahren doch mit mir übermorgen?«

»Wohin? Doch nicht nach Rio, Kapitän?«

»Nein, nein!« sagte der Alte lächelnd, »nur nach Hamburg; denn da ankert dort im Hafen die ›Alte Liebe‹ unter dem Kapitän Rick Geyers! – O Anna, mein liebes Kind, du hast das nicht erleben wollen!«

Erwischte sich die Augen mit seinem großen blauen Schnupftuch. »Aber heute abend, Nachbar«, setzte er, sich ermutigend, hinzu, »trinken wir beide in meiner Koje ein Steifes miteinander und – God dam! – von meinem alten Jamaika!«

»Topp«, rief ich, »Kapitän, ich trinke und ich fahre mit Ihnen. Hurra für unseren Jungen!«

– – Er ging; und ich habe nichts Weiteres zu erzählen; es ist jetzt alles gut, denn wir haben die Hoffnung, freilich auch nur diese, wenn wir des alten Ricks gedenken und die Knabenstreiche des jungen nicht auf Abschlag nehmen; aber die Hoffnung ist die Helferin zum Leben und meist das Beste, was es mit sich führt.